اَلْعَرَبِيَّةُ بِالرَّادِيُو
اَلْجُزْءُ الأَوَّلُ

空中阿拉伯語

第一冊

前言

　　阿拉伯語文是阿拉伯國家使用的語文。阿拉伯國家目前共有二十二個，分佈在亞洲與非洲地區。亞洲的阿拉伯國家有十二個：沙烏地阿拉伯、約旦、科威特、伊拉克、敍利亞、黎巴嫩、巴勒斯坦、巴林、阿曼、卡達、阿拉伯聯合大公國、葉門。非洲的阿拉伯國家有十個：埃及、利比亞、突尼西亞、摩洛哥、阿爾及利亞、茅利塔尼亞、索馬力亞、蘇丹、吉浦地、葛摩。除此之外，分佈在世界各地的回教徒，在做宗教儀式的時候，也使用阿拉伯語文。一九七四年起，聯合國更把阿拉伯語文列為聯合國大會正式使用的語文。由此可見，阿拉伯語文是世界上重要且使用廣泛的語文。

　　由於阿拉伯國家分佈很廣，因此，每個國家幾乎都有自己的方言，但是，這些國家有一種共通的語文，使用於各種正式場合、報章、雜誌、書寫、廣播與電視，那就是標準阿拉伯語文。

　　我們學習阿拉伯語文，就是要學一種二十二個阿拉伯國家都通用的語文，因此，我們在「空中阿拉伯語」各個講次中，注重標準阿拉伯語文的講授。

前言

　　空中阿拉伯語第一冊，是阿拉伯語的入門寶典，本書包括兩大部份，第一部份簡介字母與發音，第二部份是初級阿拉伯語會話。作者利傳田教授任教於政治大學阿拉伯語文學系，有豐富的阿拉伯語文教學經驗，同時在教育電台主持初級阿拉伯語多年。配合電台的重複播音教學，方便讀者能對照讀本聽講，增強學習效果。《空中阿拉伯語第一冊》尤其重視阿拉伯語的標準發音及日常會話的基礎學習，精彩的課程內容不僅能為讀者開胃，更有助於初學者輕鬆進入第二、三冊的進階學習。

　　本書並有作者於教育電臺播音，可供聆聽學習，更具成效。

利傳田

國立政治大學阿拉伯語文學系系主任
中華民國九十七年九月

P. S. *教育電臺台北台AM1494每週一~五21:00-21:30重複播課！並有有聲資料庫可下載授課內容。*

　　詳情請上：http://www.ner.gov.tw/

作者簡介

利 傳 田

　　作者利傳田，民國五十五年進入國立政治大學東方語文學系阿拉伯語文組修習阿拉伯語文。民國六十一年獲得約旦政府獎學金，前往約旦安曼師範學院與約旦大學阿拉伯語文研究所深造。民國六十八年，應聘回國任教於國立政治大學阿拉伯語文學系，先後曾任講師、副教授職務，並在教育電臺主

作者簡介

播阿拉伯語教學，在國防外語學校任教阿拉伯語文課程，民國八十四年被推選為國立政治大學阿拉伯語文學系系主任。

作者多年教學歷程中，先後在國立政治大學阿拉伯語文學系擔任阿拉伯文學史、阿拉伯文修辭學、大一阿拉伯語會話、大二阿拉伯語會話、大三阿拉伯語會話、大四阿拉伯語會話、大三阿拉伯語實習、大四阿拉伯語實習、大二阿拉伯語、大三阿拉伯語、阿拉伯文打字、新聞阿拉伯語、阿拉伯文作文、阿拉伯文應用文等課程，在教育電臺先後主持初級阿拉伯語、中級阿拉伯語、實用阿拉伯語、標準阿拉伯語、新聞阿拉伯語、精簡阿拉伯語等教學節目，在國防外語學校教授阿拉伯語會話課程。

阿拉伯文字母一覽表

順序	字母寫法	字母名稱（英譯）	字母發音（英譯）
1	ا	alif	a
2	ب	ba	b
3	ت	ta	t
4	ث	tha	th
5	ج	jim	j
6	ح	ḥa	ḥ
7	خ	kha	kh
8	د	dal	d
9	ذ	dhal	dh
10	ر	ra	r
11	ز	za	z
12	س	sin	s
13	ش	shin	sh
14	ص	ṣod	ṣ
15	ض	ḍod	ḍ
16	ط	ṭo	ṭ
17	ظ	ðo	ẓ
18	ع	ain	-
19	غ	ghain	gh
20	ف	fa	f
21	ق	gof	g
22	ك	kaf	k
23	ل	lam	l
24	م	mim	m
25	ن	nun	n
26	ه	ha	h
27	و	waw	w
28	ي	ya	y

目錄

前言	ii
作者簡介	iv
阿拉伯文字母一覽表	vi

第一部份　字母與發音

第 一 講	阿拉伯文字母介紹（一）	10
第 二 講	阿拉伯文字母介紹（二）	13
第 三 講	阿拉伯文字母介紹（三）	16
第 四 講	阿拉伯文字母書寫方法介紹	19
第 五 講	阿拉伯文字母書寫應注意的要領	22
第 六 講	阿拉伯文書寫方法綜合練習（一）	25
第 七 講	阿拉伯文書寫方法綜合練習（二）	27
第 八 講	阿拉伯文書寫方法綜合練習（三）	29
第 九 講	阿拉伯文的音標介紹──開口音	31
第 十 講	阿拉伯文的音標介紹──裂口音	33
第十一講	阿拉伯文的音標介紹──聚口音	35
第十二講	阿拉伯文的音標介紹──輕音	37
第十三講	阿拉伯文的音標介紹──複開口音	39
第十四講	阿拉伯文的音標介紹──複聚口音	41
第十五講	阿拉伯文的音標介紹──複裂口音	43

第 十六 講	阿拉伯文的音標介紹──疊音	45
第 十七 講	阿拉伯文的音標介紹──延長音	46
第 十八 講	阿拉伯文的音標介紹──長開口音	48
第 十九 講	阿拉伯文的音標介紹──長裂口音	50
第 二十 講	阿拉伯文的音標介紹──雙元開口音	52
第二十一講	阿拉伯文的音標介紹──長聚口音	54
第二十二講	阿拉伯文的音標介紹──雙元聚口音	56
第二十三講	阿拉伯文的音標綜合練習（一）	58
第二十四講	阿拉伯文的音標綜合練習（二）	60
第二十五講	阿拉伯文的音標綜合練習（三）	62
第二十六講	阿拉伯文的音標綜合練習（四）	64
第二十七講	阿拉伯文的音標綜合練習（五）	66
第二十八講	阿拉伯文的音標綜合練習（六）	68
第二十九講	阿拉伯文的音標綜合練習（七）	70
第 三十 講	阿拉伯文的音標綜合練習（八）	72
第三十一講	阿拉伯文的音標綜合練習（九）	74
第三十二講	阿拉伯文的音標綜合練習（十）	76
第三十三講	阿拉伯文的音標綜合練習（十一）	78
第三十四講	阿拉伯文的音標綜合練習（十二）	80
第三十五講	阿拉伯文的音標綜合練習（十三）	82

第三十六講	阿拉伯文字母的分類與冠詞的唸法	84
第三十七講	阿拉伯文冠詞與太陽字母連接的唸法	87
第三十八講	阿拉伯文冠詞在句子當中的唸法	89
第三十九講	阿拉伯文的標點符號與數字	91

第二部份　初級阿拉伯語會話

第 四十 講	問候	93
第四十一講	請教大名	95
第四十二講	早安	97
第四十三講	再見	99
第四十四講	複習	101
第四十五講	什麼	102
第四十六講	什麼	104
第四十七講	那裡	106
第四十八講	如何，怎麼樣	108
第四十九講	複習	110
第 五十 講	什麼時候	111
第五十一講	多少，幾	113
第五十二講	哪一個	115
第五十三講	為什麼	117

第五十四講	複習	119
第五十五講	誰	120
第五十六講	誰的	122
第五十七講	昨天	124
第五十八講	前天	126
第五十九講	複習	128
第 六十 講	今天	129
第六十一講	明天	131
第六十二講	後天	133
第六十三講	早上	135
第六十四講	複習	137
第六十五講	下午	138
第六十六講	晚上	140
第六十七講	上星期、上個月、去年	142
第六十八講	本星期、這個月、今年	144
第六十九講	複習	146
第 七十 講	下個星期、下個月、明年	147
第七十一講	一天、兩天、一年、兩年	149
第七十二講	三天、三年	151
第七十三講	十一元、十一年	153

第七十四講	複習	155
第七十五講	二十元、二十年	157
第七十六講	二十一元、二十一年	159
第七十七講	一百元、一百年	160
第七十八講	一千元、一千年	162
第七十九講	複習	164
第 八十 講	百萬、十億	168
第八十一講	第一天、第一年	169
第八十二講	第十一天、第十一年	171
第八十三講	現在是幾點鐘	173
第八十四講	複習	174
第八十五講	現在是早上八點整	178
第八十六講	今天是幾月幾日	179
第八十七講	今天是星期幾	180
第八十八講	複習	182

第一部份　字母與發音

第一講　阿拉伯文字母介紹（一）

　　阿拉伯文有二十八個字母，我們要分三個講次跟各位同學介紹這些字母，請各位同學依順序把這些字母記熟。在今天的講次中，我們要向各位同學依字母順序介紹十個字母。

1. ا 字母名稱為（alif）

    它的發音與國語注音符號（ㄚ）的發音相近，是由喉嚨深處發出的聲音。發此音時，聲帶緊縮，將聲門先關閉，然後突然打開聲門，讓氣流由喉嚨深部直接衝出口腔。

2. ب 字母名稱為（ba）

    它的發音與英文中（b）的發音相近，是個雙唇濁塞音。發此音時，先將雙唇緊閉，在突然打開雙唇，並振動聲帶，把氣流從雙唇間急速送出口腔。

3. ت 字母名稱為（ta）

    它與國語注音符號（ㄊ）以及英文（t）的發音相似，它是個清塞音。發此音時，先將齒尖緊貼上齒齦，把氣流堵住，然後將舌尖放下，使氣流從口腔衝出。

4. ث 字母名稱（tha）

    它的發音與英文的（θ）一樣，國語中並沒有這個音。它是個齒邊清音。發此音時，把舌尖平放在上下門齒

之間，再把口腔中的氣流經舌尖與門齒之間的縫隙摩擦流出。

5. ج 字母名稱為（jim）

它與國語注音符號（ㄓ）的發音相近，與英文音標（ʤ）的發音相同。它是個舌面濁擦音。發此音時，將舌面抬起到硬額，使氣流由舌面與硬額間隙通過病並震動聲帶。

6. ح 字母名稱為（ha）

國語與英文中都沒有這個音，它與中文「哈」字念法較相近。它是個後喉濁擦音，發此音時，要將喉嚨肌肉縮緊，舌身後縮，氣流經舌根與緊縮的喉壁間隙流出。

7. خ 字母名稱為（kha）

英文沒有這個音，它與中國北方人唸喝水的「喝」音相近。它是個前喉輕擦音，發此音時，將舌根向軟額抬起，氣流從舌根與軟額中間的間隙摩擦流出，此音與睡覺打鼾聲音接近。

8. د 字母名稱為（dal）

它與國語注音符號的（ㄉ）及英文的（d）發音相似。它是個舌尖齒齦濁塞音。發此音時，將舌尖緊貼上齒齦，堵住氣流，然後把舌尖突然放下，使氣流從口腔衝出並振動聲帶。

9. ذ 字母名稱為（dhal）

它與英文音標的（ð）相似，國語則無此音。它是個此間邊擦濁音，它的發音方法與第四個字母（ث）相同，但是（ث）不須震動聲帶，而（ذ）則須振動聲帶。

10. ر 字母名稱為（ra）

國語與英文中都沒有這個音，它與西班牙文中的（r）的發音相似，是個舌尖前額顫舌音。發此音時，舌尖放軟輕貼上齒齦，氣流從舌尖與上齦間衝出並顫動舌尖振動聲帶。國語中並沒有彈舌音，故初學者須反覆練習這個字母的發音。

練習

請重複練習下列十個阿拉伯文字母的發音：

ا ب ت ث ج ح خ د ذ ر

ا ب ت ث ج ح خ د ذ ر

ا ب ت ث ج ح خ د ذ ر

ز س ش ص ض ط ظ ع غ ف

ق ك ل م ن هـ و ي

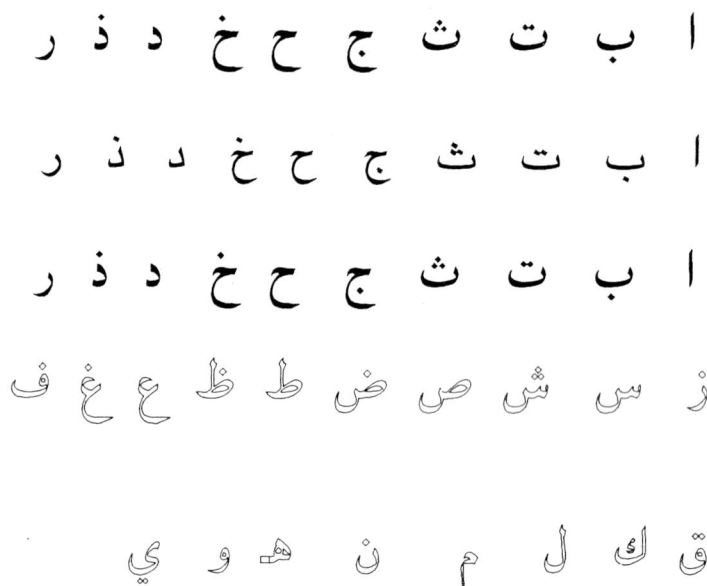

第二講　阿拉伯文字母介紹（二）

在這個講次中我們要跟各位同學繼續介紹阿拉伯文二十八個字母中的另外十個字母。

11. ز 字母名稱為（za）

它與英文音標中（z）的發音相同，它是個舌端齒齦濁擦音。發此音時將舌尖頂住下齒，舌端貼近上齒齦，讓氣流從舌端與齒齦之間的縫隙摩擦而出，並振動聲帶。

12. س 字母名稱為（sin）

它的發音與英文音標的（s）相同，它是個舌端齒齦清擦音。它的發音要領與 ز（za）相同，惟發（س）的音時，聲帶不振動。

13. ش 字母名稱為（shin）

它的發音與英文音標（ʃ）相同，它是個舌面清擦音。發此音時，將舌面向硬顎抬起，讓氣流從舌面與硬顎間的縫隙摩擦而出。

14. ص 字母名稱為（sod）

它是個舌端頂清擦音，英文中並無此音，但它與中文注音符號（ㄙㄨㄛ）音相近。發此音時將舌後端向軟顎，上下門齒咬緊，舌前端靠近下齒齦，氣流從舌端與下齒齦間摩擦而出。

15. ض 字母名稱為（dod）

它是個舌尖濁塞音，中文與英文皆無此類似發音，它是個阿拉伯文特殊的發音。發此音時，將舌尖緊貼上齒齦，舌中部份向下凹，舌後端向軟顎抬起，氣流衝

出時，放開貼緊上齦的舌尖，並振動聲帶。初學者必須體會要領，勤加練習，以求正確。

16. ط 字母名稱為（to）

它是個舌頂清塞音，中文與英文也無此類似發音。發此音時，將舌面緊貼上顎，讓氣流在放開舌面上顎時突然衝出，並同時發出注音符號（ㄛ）的音，初學者必須注意它與（ض）的發音區別。

17. ظ 字母名稱為（ðɔ）

它是個齒間濁擦音，發此音時，上下齒輕輕咬任舌尖，舌中部位向下凹，舌後端向軟顎抬起，讓氣流在放開舌尖時流出，並同時發出注音符號（ㄛ）的音，且振動聲帶。

18. ع 字母名稱為（ain）

它是個中喉濁音，中英文中並無此音，發此音時，將喉嚨冗緊縮，舌深後縮，氣流經緊縮的喉嚨與舌跟流出，並振動聲帶。它是阿拉伯文特有的發音，初學者須勤於練習。

19. غ 字母名稱為（ghain）

它是個前喉濁擦音，中英文中也沒有這個音，發此音時，舌跟向軟顎縮起，使氣流從舌根與軟顎挾縫中摩擦流出，並振動聲帶。

20. ف 字母名稱為（fa）

它是個唇齒清擦音，它與英文的（f）及中文注音符號的（ㄈ）發音部位相似，發此音時，將上齒輕咬下唇，使氣流從唇齒尖的縫隙摩擦而出。

練習

請重複練習下列十個阿拉伯文字母的發音：

ز س ش ص ض ط ظ ع غ ف

ز س ش ص ض ط ظ ع غ ف

ا ب ت ث ج ح خ د ذ ر

ز س ش ص ض ط ظ ع غ ف

ق ك ل م ن ه و ي

第三講　阿拉伯文字母介紹（三）

在這個講次中我們要跟各位同學繼續介紹阿拉伯文二十八個字母中的最後八個字母。

21. ق 字母名稱為（gaf）

它是個舌根濁塞音，發此音時，將舌根向軟顎縮起至小舌並堵住氣流，然後將舌根突然鬆開，使氣流流出。此音與中文注音符號的（ㄍ）以及英文音標的（g）發音部位相近，（ㄍ）與（g）的發音，舌根並不接近小舌，但發（ق）的音時，舌根必須接觸小舌。

22. ك 字母名稱為（kaf）

它是個舌根清塞音，它與中文注音符號的（ㄎ）或英文音標（k）的發音相似，發此音時，將舌根縮起，貼進軟顎，把氣流堵住，然後放開舌根，讓氣流突然衝出。

23. ل 字母名稱為（lam）

它是個舌尖前顎邊音，它與中文注音符號的（ㄌ）或英文音標（l）的發音相似。發此音時，將舌尖頂住上齒齦，舌面向硬顎緊貼，使氣流從舌邊摩擦而出並振動聲帶。

24. م 字母名稱為（mim）

它是個雙唇鼻音，它與中文注音符號的（ㄇ）或英文音標（m）的發音相似。發此音時，將雙唇緊閉，使氣流從鼻孔緩緩流出並振動聲帶。

25. ن 字母名稱為（nun）

它是個舌尖齒齦鼻音，它與中文注音符號的（ㄋ）或英文英標（n）的發音相似。發此音時，將舌尖頂住上齒齦，使氣流從鼻腔流出並振動聲帶。

26. ه 字母名稱為（ha）

它是個後喉清擦音，它與中文注音符號的（ㄏ）或英文音標（h）的發音相似。發此音時，將口腔及聲門張開，使氣流從喉嚨經過口腔不受阻礙直接流出。它與（ح）的發音不同，（ح）必須緊縮喉嚨肌肉，（ه）則不必緊縮喉嚨肌肉。

27. و 字母名稱為（waw）

它是個雙唇濁擦音，它與英文音標（w）的發音相似。發此音時，將雙唇縮成圓形，像要吹口哨一樣，使氣流經圓形的雙唇清擦流出並振動聲帶。它與中文注音符號（ㄨ）的發音嘴形相同，但是（ㄨ）是鼻音，而（و）則純脆是雙唇音，初學忎請不要混淆。

28. ي 字母名稱為（ya）

它是個舌面濁擦音，它與英文音標（j）的發音相似。發此音時，將舌面向硬顎抬起，舌尖頂住下齒，嘴形變成扁平，使氣流經舌面與硬顎縫隙摩擦流出並振動聲帶。

練習

請重複練習下列十個阿拉伯文字母的發音：

ق ك ل م ن هـ و ي

ق ك ل م ن هـ و ي

ا ب ت ث ج ح خ د ذ ر

ز س ش ص ض ط ظ ع غ ف

ق ك ل م ن هـ و ي

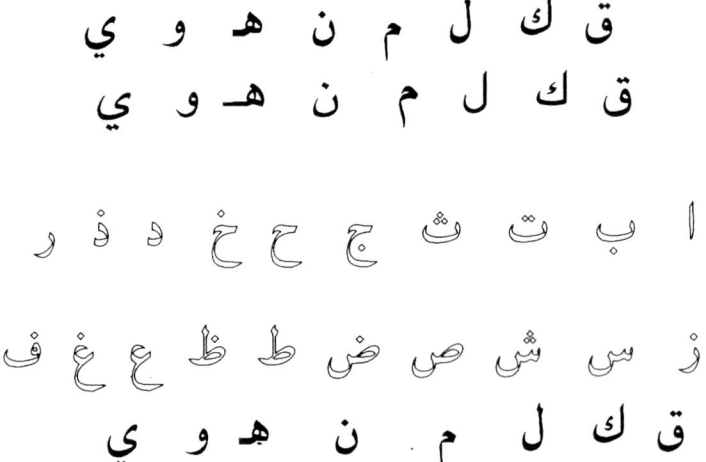

第四講　阿拉伯文書寫方法介紹

　　阿拉伯文是由右自左橫寫的文字，它是由兩個或兩個以上的字母連寫而成一個單字。阿拉伯文的字母不像英文有大、小寫之分，但是阿拉伯文的字母有四種寫法：即獨立體、字首體、字中體、字尾體。也就是說，每一各字母依它在單字中所佔不同位置而有不同的寫法。

獨立體，就是一個字母前後都不與其它字母連寫的寫體。

字首體，就是一個字母被寫於單字字首的寫體。

字中體，就是一個字母被寫於單字字中的寫體。

字尾體，就是一個字母被寫於單字字尾的寫體。

阿拉伯文二十八個字母的四種寫法介紹如下：

例範	體立獨	體尾字	體中字	體首字
ااا	ا	ـا	ـا	ا
ببب	ب	ـب	ـبـ	بـ
تتت	ت	ـت	ـتـ	تـ
ثثث	ث	ـث	ـثـ	ثـ

ججج	ج	ـج	ـجـ	ج
ححح	ح	ـح	ـحـ	ح
خخخ	خ	ـخ	ـخـ	خ
د د د	د	ـد	ـد	د
ذ ذ ذ	ذ	ـذ	ـذ	ذ
ر ر ر	ر	ـر	ـر	ر
ز ز ز	ز	ـز	ـز	ز
سسس	س	ـس	ـسـ	ـسـ
ششش	ش	ـش	ـشـ	ـشـ
صصص	ص	ـص	ـصـ	ـصـ
ضضض	ض	ـض	ـضـ	ض
ططط	ط	ط	ط	ط

ظظظ	ظ	ظ	ظ	ظ
ععع	ع	ع	ـعـ	عـ
غغغ	غ	غ	ـغـ	غـ
ففف	ف	ف	ـفـ	فـ
ققق	ق	ق	ـقـ	قـ
ككك	ك	ـك	ـكـ	كـ
للل	ل	ـل	ـلـ	لـ
ممم	م	ـم	ـمـ	مـ
ننن	ن	ـن	ـنـ	نـ
ههه	ه	ـه	ـهـ	هـ
ووو	و	ـو	ـو	و
ييي	ي	ي	ـيـ	يـ

第五講　阿拉伯文書寫方法應注意的要領

阿拉伯文二十八個字母當中，有六個字母只與前面的字母連寫，而不與位於它後的任何一個字母連寫，這六個字母就是ا د ذ ر ز و。位於它後面的字母若是在字中時，則應寫成字首體，若在字尾時，則應寫成獨立體。

例一

字尾寫成獨立體

ن + ا + س = ناس

ب + د + ل = بدل

ح + ذ + ر = حذر

د + ر + س = درس

ن + ز + ل = نزل

例二

字中寫成字首體

س + ا + ك + ن = ساكن

ج + د + ي + د = جديد

ل + ذ + ي + ذ = لذيذ

ي + ر + ح + ل = يرحل

هـ + ز + ل + ي = هزلي

六個不與後面字母連寫的字母（ا د ذ ر ز و），可與前行字母連寫，如：

ا ：س + ا + م + ي = سامي

د ：م + د + ن = مدن

ذ ：ب + ذ + ل = بذل

ر ：س + ر + ق = سرق

ز ：هـ + ز + م = هزم

و ：ع + و + ن = عون

（ل）這個字母若與（ا）連寫時，應寫成（لا），而不可寫成（لـا）。如：

س + ل + ا + م = سلام 不可寫成 سلـام

（ت）這個字母若用於表示陰性名詞字尾時，應寫成

（ة ـة）,即在（ه، ـه）字尾上加兩點（ة، ـة – ه، ـه）。如：

جميلة ، كبيرة

阿拉伯文除了前面介紹的二十八個字母之外，還有一個字母，稱之為（hamza），它的寫法有下列幾種：

أ : أ + ك + ل = أكل

إ : إ + ج + ل + س = إجلس

ؤ : س + ؤ + ا + ل + سؤال

ء : ج + ز + ء = جزء

ئ : ش + ا + ط + ئ = شاطئ

ئـ : ج + ئـ + ت = جئت

（ج ح خ）三個字母的字中體、字尾體，在排版印刷與手寫字體有差別，印刷上，這三個字母排列在一條橫線上（جحخ），但在手寫上，這三個字母則寫成一斜線上（）。

第六講　阿拉伯文書寫方法綜合練習（一）

請同學認識下列各個字母並練習書寫。

ب + ا + ب = باب		أ + ب + د = أبد

ب + ي + ت = بيت		ن + ب + أ = نبأ

ك + ت + ب = كتب		ت + ب + ت = تبت

خ + ت + م = ختم		ت + ا + ج = تاج

ث + أ + ر = ثأر		ب + ن + ت = بنت

ل + ي + ث = ليث		ل + ث + م = لثم

س + ج + د = سجد		ج + ي + د = جيد

ح + س + ن = حسن		ن + س + ج = نسج

ص + ح = صح		س + ح + ب = سحب

خ + ب + ث = خبث	ب + خ + ت = بخت
ش + ي + خ = شيخ	د +ب + ا +ب = دباب
ب + د + أ = بـدأ	ج + ي + د = جيد
ذ + ي + ل = ذيل	هـ + ذ + ا = هذا
ل+ ذ +ي +ذ = لذيذ	ر + أ + س = رأس
ج + ر + ب = جرب	خ + ي + ر = خير

第七講　阿拉伯文書寫方法綜合練習（二）

請同學認識下列各個字母並練習書寫。

خ + ب + ز = خبز	س + ب + ب =سبب
ج + س + ر = جسر	ل + ي + س = ليس
ش + ج + ر = شجر	ب + ش + ر = بشر
ج +ي + ش = جيش	ص + ي + ف =صيف
ب + ص + ر = بصر	ف + ح + ص =فحص
ض + ي + ف = ضيف	ح + ض + ر = حضر
ب + ي +ض = بيض	ط+ا +ل +ب =طالب
ب + ط + ل = بطل	ف + ق + ط = فقط
ظ + هـ + ر = ظهر	ي + ظ + هـ ر=يظهر
ح + ظ + ر = حظر	ع + ل + ي = علي

س + ع + د = سعد

س + ب + ع = سبع

غ + ي + ب = غيب

ش + غ + ل = شغل

ب + ل + غ = بلـغ

ف + ح + ص =فحص

س + ف + ر = سفر

ك + ي + ف = كيف

ق + ي + ل = قـيل

س + ق + ف =سقـف

ح + ل + ق = حلـق

ك + لِ + ب = كـلب

第八講　阿拉伯文書寫方法綜合練習（三）

請同學認識下列各個字母並練習書寫。

س + ك + ك = سكك	ت + ل + ك = تلك
ل + ب + س = لبس	ط + ل + ب = طلب
أ + ك + ل = أكل	م + ل + ك = ملك
ل + م + س = لمس	ب + س + م = بسم
هـ + ل + ك = هلك	س + هـ + ل = سهل
ن + ب + هـ = نبه	و + ص + ل = وصل
ت + و + ت = توت	هـ + و = هو
ي + ب + س = يبس	س + ي + د = سيد
ي + ح + ي = يحي	ل + ا + م = لا م
س + ل + ا + م = سلا م	ل + م + ا = لما

ل + ج + ا + ن = لجان	ل + ح +د = لحـد
ل +خ + ص = لخص	ب + ن + ت = بنت
س + ع + ة = سعـة	م + ر + ة = مرة
أ + أ + كَ + ل = آكل	ق+ ر+أ +ا+ ن = قرآن
ف + ت + ى = فتى	إ +س +أ + ل = إسأل
ه + ا + د + ئ = هاد ئ	أ + ذ + ى = أذ ى
ش+ ا +ط + ئ = شاطئ	ش+ؤ+و+ن = شؤون
س + ؤ + ا + ل =سؤال	س + ئـ + ل = سئل
م + ئـ + ة = مـئـة	ر+ئـ + ة = رئـة
ش + ي + ء = شـيء	ش + ي + ئ + ا = شيئا
م + ب +ا+د+ئ = مبادئ	ج + ز+ ء + ا =جزءا

第九講　阿拉伯文的音標介紹——開口音

阿拉伯文的音標，也就是發音符號。阿拉伯文每一個單字的讀音是由構成單字字母的原音配上發音符號組成。

阿拉伯文的音標，是一種符號而不是字母，我們必須熟記每一個符號的發音，再配上字母的原音，才能唸出單字的正確發音。

阿拉伯文的音標共有十四個；開口音、裂口音、聚口音、輕音、複開口音、複裂口音、複聚口音、長開口音、長裂口音、長聚口音、雙元開口音、雙元聚口音、延長音、疊音、將這些音標符號及發音方法介紹如下：

開口音（ـَ）

開口音的符號為（ـَ），即是標注在字母上方的短斜線，它的發音如同國語注音符號的（Ｙ），或國際音標的（a）。任何一個字母上方若標注了這個符號，則把該字母的原音配上（a）的音即成開口音。

例一

أَ (a)　بَ (ba)　تَ (ta)　ثَ (tha)　جَ (ja)

حَ (Ha)　خَ (Kha)　دَ (da)　ذَ (Tha)　رَ (ra)

زَ (za)　سَ (sa)　شَ (sha)　صَ (So)　ضَ (Dho)

طَ (Do)　ظَ (Tho)　عَ (Aa)　غَ (Gha)　فَ (fa)

قَ (Ga)　كَ (ka)　لَ (la)　مَ (ma)　نَ (na)

هَـ (ha)　وَ (wa)　يَ (ya)

例二

أَبَدَ (abada)　أَحَدَ (aHada)　بَحَثَ (bahatha)　كَتَبَ (kataba)　سَأَلَ (sa ala)

دَخَلَ (dakhala)　دَرَسَ (darasa)　تَرَكَ (taraka)　وَصَلَ (waSala)　ذَهَبَ (thahaba)

第十講　阿拉伯文的音標介紹——裂口音

裂口音（ـِ）

　　裂口音的符號為（ـِ），既是標注在字母下方的短斜線，它的發音如同國語注音符號的（ㄧ），或國際音標的（i）。任何一個字母下方若標注了這個符號，則把該字母的原音配上（i）的音即成裂口音。

例一

(ji) جِ	(thi) ثِ	(ti) تِ	(bi) بِ	(i) إِ
(ri) رِ	(Thi) ذِ	(di) دِ	(Khi) خِ	(Hi) حِ
(Dhoi) ضِ	(Soi) صِ	(shi) شِ	(si) سِ	(zi) زِ
(fi) فِ	(Ghi) غِ	(Ai) عِ	(Thoi) ظِ	(Doi) طِ
(ni) نِ	(mi) مِ	(li) لِ	(ki) كِ	(Gi) قِ
		(yi) يِ	(wi) وِ	(hi) هِ

例二

لَبِسَ	حَسِبَ	فَشِلَ	فَهِمَ	بَقِيَ
(labisa)	(Hasibal)	(fashila)	(fahima)	(baGiya)

شَرِبَ	لَجِنَ	وَثِقَ	سَكِرَ	سَلِمَ
(shariba)	(lajina)	(wathiGa)	(sakira)	(salima)

第十一講　阿拉伯文的音標介紹——聚口音

聚口音（ـُ）

聚口音的符號為（ ـُ ），既是標注在字母上方的逗點型符號，它的發音如同國語注音符號的（ㄨ），或國際音標的（u）。任何一個字母上方若標注了這個符號，則把該字母的原音配上（u）的音即成聚口音。

例一

أُ (u)　بُ (bu)　تُ (tu)　ثُ (thu)　جُ (hu)

حُ (Hu)　خُ (khu)　دُ (du)　ذُ (Thu)　رُ (ru)

زُ (zu)　سُ (su)　شُ (shu)　صُ (Sou)　ضُ (Dhou)

طُ (Dou)　ظُ (Thou)　عُ (Au)　غُ (Ghu)　فُ (fu)

قُ (Gu)　كُ (ku)　لُ (lu)　مُ (mu)　نُ (nu)

هُ (hu)　وُ (wu)　يُ (yu)

例二

جَدُرَ	كَرُمَ	حَسُنَ	وُلِدَ	قُبِلَ
(jadura)	(karuma)	(Hasuna)	(wulida)	(Gubila)

كَثُرَ	فُهِمَ	كُسِرَ	كَثُرَ	سُئِلَ
(kathura)	(fuhima)	(kusira)	(kathura)	(su ila)

第十二講　阿拉伯文的音標介紹——輕音

輕音（ ـْ ）

輕音符號為（ ـْ ），既是標注在字母上方的句點型符號。任何一個字母上方若標注了這個符號，則輕輕唸出該字母的原音即成輕音。

例一

(j) جْ	(th) ثْ	(t) تْ	(b) بْ	(a) أْ
(r) رْ	(ð) ذْ	(d) دْ	(Kh) خْ	(H) حْ
(Dho) ضْ	(So) صْ	(sh) شْ	(s) سْ	(z) زْ
(f) فْ	(Gh) غْ	(A) عْ	(Tho) ظْ	(Do) طْ
(n) نْ	(m) مْ	(l) لْ	(k) كْ	(G) قْ
		(y) يْ	(w) وْ	(n) هْ

例二

قَبْلُ   بَعْدُ   إِجْلِسْ   إِمْشِ   يَجْلِسُ

(yaj lisui)　(im shi)　(ij lis)　(baA du)　(Gab lu)

يَمْشِي   يَشْرِبُ   لَقَدْ   يَفْهَمُ   تَحْتَ

(taH ta)　(yaf hamu)　(la qad)　(yath rib)　(yam sh)

注意

在發音要領上，輕音不單獨發音，而必須與前面字母一起發音。

例如

(yash rab)　成唸要　يَشْرَبْ

(ij lis)　成唸要　اِجْلِسْ

(yas taKh rij)　成唸要　يَسْتَخْرِجْ

第十三講　阿拉伯文的音標介紹——複開口音

複開口音（ ـً ）

複開口音的符號為（ ـً ），既是標注在名詞單字最後一個字母上方的雙斜線。除了表示陰性名詞字尾的（ ة ）之外，任何一個被標上這個符號的字母，必須在後面加寫一個字母（ ا ）أَلف 。複開口音是開口音再加上一個鼻音字母（نون）的複合音，在發音上等於開口音（a）再加上國際音標（n）而成（an）的音。

例一

(jan) جًا (than) ثًا (tan) تًا (ban) بًا (an) أً

(ran) رًا (Than) ذًا (dan) دًا (Khan) خًا (Han) حًا

(Dhoan) ضًا (Soan) صًا (shan) شًا (san) سًا (zan) زًا

(fan) فًا (Ghan) غًا (An) عًا (Thoan) ظًا (Doan) طًا

(nan) نًا (man) مًا (lan) لًا (kan) كًا (Gan) قًا

(yan) يًا (wan) وًا (han) هًا

例二

شُكْرًا	عَفْوًا	أَهْلاً وَسَهْلاً
(shuk ran)	(Af wan)	(ah lan wa sah lan)
مَرْحَبًا	طَبْعًا	أَبَدًا
(mar Haban)	(Doab An)	(abadan)
جَمِيلَةً	كَبِيرَةً	وَرَقَةً
(jami:latan)	(kabi:ratan)	(waragatan)

第十四講　阿拉伯文的音標介紹──複聚口音

複聚口音（ ٌ ）

複聚口音符號的寫法有三種：（ ٌ 、 ٌ 、 ٌ ），這些符號都標注在字母的上方複聚口音是聚口音（ ُ ）再加上鼻音字母（ نون ）的複合音，在發音上等於聚口音（u）再加上（n）而成（un）的音。

例一

أٌ (un)　بٌ (bun)　تٌ (tun)　ثٌ (thun)　جٌ (jun)

حٌ (Hun)　خٌ (Khun)　دٌ (dun)　ذٌ (Thun)　رٌ (run)

زٌ (zun)　سٌ (sun)　شٌ (shun)　صٌ (Soun)　ضٌ (Dhoun)

طٌ (Doun)　ظٌ (Thoun)　عٌ (Aun)　غٌ (Ghun)　فٌ (tun)

قٌ (Gun)　كٌ (kun)　لٌ (lun)　مٌ (mun)　نٌ (nun)

هٌ (hun)　وٌ (wun)　يٌ (yun)

例二

رَجُلٌ	وَرَقٌ	قَلَمٌ	كُرَةٌ	كُتُبٌ
(rajulun)	(waraGun)	(Galamun)	(kuratun)	(kutubun)
رِجْلٌ	غُرْفَةٌ	أَخٌ	أَبٌ	بِنْتٌ
(rij lun)	(Ghur fatun)	(aKhun)	(abun)	(bintun)

第十五講　阿拉伯文的音標介紹——複裂口音

複裂口音（ ٍ ）

複裂口音的符號為（ ٍ ），既是標注在字母下方的雙斜線。複裂口音即是裂口音（i）與鼻音字母（نون）的複合音，也就是裂口音（i）再加上（n）複合而成（in）的音。

例一

(in) إٍ　(bin) بٍ　(tin) تٍ　(thin) ثٍ　(jin) جٍ

(Hin) حٍ　(Khin) خٍ　(din) دٍ　(Thin) ذٍ　(rin) رٍ

(zin) زٍ　(sin) سٍ　(shin) شٍ　(Soi) صٍ　(Dhoin) ضٍ

(Doin) طٍ　(Thoin) ظٍ　(Ain) عٍ　(Ghin) غٍ　(fin) فٍ

(Gin) قٍ　(kin) كٍ　(lin) لٍ　(min) مٍ　(nin) نٍ

(hin) هٍ　(win) وٍ　(yin) يٍ

例二

رَجُلٍ	وَرَقٍ	قَلَمٍ	كُرَةٍ	كُتُبٍ
(rajurin)	(waraGin)	(Galamin)	(kuratin)	(kutubin)
رِجْلٍ	غُرْفَةٍ	أَخٍ	أَبٍ	بِنْتٍ
(rij lin)	(Ghur fatin)	(aKhin)	(abin)	(bintin)

第十六講　阿拉伯文的音標介紹——疊音

疊音（ ـّـ ）

疊音的符號為（ـّـ），標注在重疊字母地上方。它的發音方法是把兩個重疊字母中前面一個字母唸成輕音並與它前面有音字母一起唸，然後在把重疊字母中的第二個字母照著標注在疊音符號上的音標唸，有如日語中的促音唸法。

例如

شَكًّا = شَكْكًا	شَكٌّ = شَكْكٌ
(shak kan)=(shakkan)	(shak kun)=(shakkun)
دَقَّ = دَقْقَ	شَكٍّ = شَكْكٍ
(dag ga)=(dagga)	(shak kin)=(shakkin)
قَرَّرَ = قَرْرَرَ	سَلَّمَ = سَلْلَمَ
(gar rara)=(garrara)	(shal lama)=(shallama)
عَامٌّ = عَامْمٌ	هَامٌّ = هَامْمٌ
(Am mun)=(Ammun)	(ham mun)=(hammun)
مُصِرًّا = مُصِرْرًا	مُعَلِّمٌ = مُعَلْلِمٌ
(musir ran)=(musirran)	(muAl limun)=(muAllimun)

第十七講　阿拉伯文的音標介紹——延長音

延長音（二）

延長音的符號為（ٰ），標注在字母上方。延長音就是把開口音（a）的音長延長一倍。

例如

آمَنَ	أَلْقُرْآنُ	أَلرَّحْمٰنُ
(a:mana)	(al Gur a:nu)	(arraH ma:nu)
هٰذَا	هٰذِه	ذٰلِكَ
(ha:tha)	(ha:thihi)	(tha:lika)
يَقْرَآنِ	أَلسَّمٰوَاتُ	آبُ
(yagraa:ni)	(as sama:watu)	(aa:bu)
آخَرُ	رَآهُ	مِرْآةٌ
(a:kharu)	(raa:hu)	(miraa:tun)

آيَارُ (aa:yaru)	آلاَمٌ (aa:la:mun)	أَلْآنَ (al a:na)
آذَنَ (a:thana)	لَٰكِنْ (la:kin)	هَٰؤُلَاءِ (ha:ula:i)
إِبْرَٰهِيمُ (ibra:hi:mu)	لَٰكِنَّ (la:kinna)	آكِلٌ (aa:kilun)

第十八講　阿拉伯文的音標介紹──長開口音

長開口音

長開口音不是一個音標，只是一種發音方式，所以它並沒有特別符號。長開口音乃是指二十八個字母中的任何一人個字母，若後面與 (ألف) 字母連寫時，則要把該字母的原音唸成長開口音，即把字母原音配上國際音標 (ɑ:) 的音。

例一

(a:) ا　　(ba:) با　　(ta:) تا　　(tha:) ثا　　(ja:) جا

(Ha:) حا　　(Kha:) خا　　(da:) دا　　(Tha:) ذا　　(ra:) را

(za:) زا　　(sa:) سا　　(sha:) شا　　(Soa:) صا　　(Dhoa:) ضا

(Doa:) طا　　(Thoa:) ظا　　(A:) عا　　(Gha:) غا　　(fa:) فا

(Ga:) قا　　(ka:) كا　　(la:) لا　　(ma:) ما　　(na:) نا

(ha:) ها　　(wa:) وا　　(ya:) يا

例二

سَلَامٌ	دَارٌ	كِتَابٌ	بَابٌ
(sala:mun)	(da:run)	(kita:bun)	(ba:bun)
إِلَى	أَنَا	طَالِبَةٌ	طَالِبٌ
(ila:)	(ana:)	(Doa:libatun)	(Doa:libun)
سِوَى	مَدَى	كُبْرَى	عَلَى
(siwa:)	(mada:)	(kub ra:)	(Ala:)

注意

ألف除了寫成（ ا ）的形狀之外，還有一種像（ ي ）形狀的寫法，但下端沒有兩點（ ى ），它只出現在字尾，它的唸法與（ ا ）完全相同，也唸成長開口音。

例如

كُبْرَى	سِوَى	إِلَى	عَلَى
(kub ra:)	(siwa:)	(ila:)	(Ala:)

第十九講　阿拉伯文的音標介紹——長裂口音

長裂口音

長裂口音不是音標，只是一種發音方式，沒有符號。二十八個字母之中的任何一個字母，若它後面與（ي）連寫，而（ي）又不唸成輕音時，則把（ي）前面字母的原音唸成長開口音，即把字母原音配上國際音標中（i:）的音。

例一

إِي (i:)	بِي (bi:)	تِي (ti:)	ثِي (thi:)	جِي (ji:)
حِي (Hi:)	خِي (Khi:)	دِي (di:)	ذِي (Thi:)	رِي (ri:)
زِي (zi:)	سِي (si:)	شِي (shi:)	صِي (Soi:)	ضِي (Dhoi:)
طِي (Doi:)	ظِي (Thoi:)	عِي (Ai:)	غِي (Ghi:)	فِي (fi:)
قِي (Gi:)	كِي (ki:)	لِي (li:)	مِي (mi:)	نِي (ni:)
هِي (hi:)	وِي (wi:)	يِي (yi:)		

例二

أَبِي أَخِي أُخْـتِي وَادِي كَـبِيرٌ

(kabi:r) (wa:di:) (uKh ti:) (aKhi:) (abi:)

جَـمِيـلٌ صَـغِيـرٌ يَـمِيـنٌ طَـوِيـلٌ

(Dowi:lun) (yami:nun) (SoGhi:run) (jami:lun)

第二十講　阿拉伯文的音標介紹——雙元開口音

雙元開口音

　　雙元開口音，只是一種發音方式，不是音標也沒有特的符號。阿拉伯文二十八個字母中的任何一個字母，若它後面與（ي）連寫，而（ي）前面的字母為開口音，（ي）為輕音時，則應把（ي）與它前面字母的開口音一起發音既成雙元開口音。在發音上即把字母原音配上國際音標（ai）或國語注音符號（ㄞ）的音。

例一

أَيْ (ai)　بَيْ (bai)　تَيْ (tai)　ثَيْ (thai)　جَيْ (jai)

حَيْ (Hai)　خَيْ (Khai)　دَيْ (dai)　ذَيْ (Thai)　رَيْ (rai)

زَيْ (zai)　سَيْ (sai)　شَيْ (shai)　صَيْ (Soai)　ضَيْ (Dhoai)

طَيْ (Doai)　ظَيْ (Thoai)　عَيْ (Ai)　غَيْ (Ghai)　فَيْ (fai)

قَيْ (Gai)　كَيْ (kai)　لَيْ (lai)　مَيْ (mai)　نَيْ (nai)

هَيْ (hai)　وَيْ (wai)　يَيْ (yai)

例二

بَيْــتٌ　　دَيْــنٌ　　حَيْــثُ　　جَيْــشٌ　　سَيْــفٌ

(saifun)　(jaishun)　(Haithu)　(dainun)　(baitun)

وَالِــدَيْ　　وَلَــدَيْ　　اِثْــنَيْ　　أَبَــوَيْ　　أَخْــوَيْ

(aKhawai)　(anawai)　(ith nai)　(waladai)　(wa:lidai)

注意

一個單字中若字中或字尾有（ي）的字母，則什麼時候應唸成長裂口音（i:），什麼時候應唸成雙元開口音（ai），並無一定規則可循。如دِيــنٌ與دَيْــنٌ是由完全相同字母構成的單字，但有兩個不同的唸法，唸法不同，字義也不同，ي若唸作長裂口音（دِيــنٌ）則是（宗教）的意思，若唸成雙元開口音（دَيْــنٌ）則是（債務）的意思。所以我們應該記住每個單字的正確唸法。

第二十一講　阿拉伯文的音標介紹——長聚口音

長聚口音

長聚口音也是一種發音方式，不是音標也沒有符號。阿拉伯文二十八個字母當中的任何一個字母後面若與（ و ）連寫，而（ و ）前面的字母為聚口音時，則把（ و ）前面字母原音唸成長聚口音，即相當於國際音標（u:）或國語注音符號（ㄨ）的長音。

例一

(ju:) جُو	(thu:) ثُو	(tu:) تُو	(bu:) بُو	(u:) أُو
(ru:) رُو	(Thu:) ذُو	(du:) دُو	(Khu:) خُو	(Hu:) حُو
(Dhou:) ضُو	(Sou:) صُو	(shu:) شُو	(su:) سُو	(zu:) زُو
(fu:) فُو	(Ghu:) غُو	(Au:) عُو	(Thou:) ظو	(DoU:) طُو
(hu:) نُو	(mu:) مُو	(lu:) لُو	(ku:) كُو	(Gu:) قُو
		(yu:) يُو	(wu:) وُو	(hu:) هُو

例二

تُوتٌ (tu:tun)

بُومٌ (bu:mun)

دُورٌ (du:run)

مَكْتُوبٌ (mak tu:bun)

رُوسٌ (ru:sun)

صُومٌ (Sou:mun)

كُؤُوسٌ (kuu:sun)

مَفْهُومٌ (maf hu:mun)

第二十二講　阿拉伯文的音標介紹──雙元聚口音

雙元聚口音

　　雙元聚口音也是一種發音方式，不是音標也沒有符號。阿拉伯文二十八個字母當中的任何一個字母後面若與（و）連寫，而（و）為輕音，（و）前面字為開口音時，則把這兩個字母混合唸成雙元聚口音，即相當於國際音標（au）或國語注音符號（ㄠ）的音。

例一

أَوْ (au)　بَوْ (bau)　تَوْ (tau)　ثَوْ (thau)　جَوْ (jau)

حَوْ (Hau)　خَوْ (Khau)　دَوْ (dau)　ذَوْ (Thau)　رَوْ (rau)

زَوْ (zau)　سَوْ (sau)　شَوْ (shau)　صَوْ (Soau)　ضَوْ (Dhoau)

طَوْ (Doau)　ظَوْ (Thoau)　عَوْ (Au)　غَوْ (Ghau)　فَوْ (fau)

قَوْ (Gau)　كَوْ (kau)　لَوْ (lau)　مَوْ (mau)　نَوْ (nau)

هَوْ (hau)　وَوْ (wau)　يَوْ (yau)

例二

خَوْخٌ　يَوْمٌ　لَوْنٌ　صَوْتٌ　نَوْمٌ

(KhauKhun)　(yaumun)　(launun)　(Soautun)　(naumun)

حَوْلٌ　كَوْنٌ　أَوَّلٌ　ثَوْمٌ　دَوْرٌ

(Haulun)　(kaunun)　(auwalun)　(thaumun)　(daurun)

注意

　　一個單字中若字中或字尾有（و）時，則可能唸成長聚口音（u:）或唸成雙元聚口音（au），但是，什麼時候應唸長聚口音，什麼時候應唸雙元聚口音，並無規則可循。如 دُوْرٌ 與 دَوْرٌ 是由完全相同字母構成的單字，但是，由於發音不同就產生不同的意思，前者為（房子），後者為（角色）的意思。因此我們在學任何一個單字的時候，就應該記住每個單字的正確唸法。

第二十三講　阿拉伯文的音標綜合練習（一）

練習一：請按照音標讀寫下列各單字。

أَهْلَ　أَهْلِ　أَهْلُ　أَهْلاً　أَهْلٍ　أَهْلٌ

آكُلَ　آكُلِ　آكُلُ　آمَنَ　آمَنُ　آمَنْ

بَابَ　بَابِ　بَابُ　بَابًا　بَابٍ　بَابٌ

بَأْسَ　بَأْسِ　بَأْسُ　بَأْسًا　بَأْسٍ　بَأْسٌ

بِيضَ　بِيضِ　بِيضُ　بِيضًا　بِيضٍ　بِيضٌ

بَيْضَ　بَيْضِ　بَيْضُ　بَيْضًا　بَيْضٍ　بَيْضٌ

بُومَ　بُومِ　بُومُ　بُومًا　بُومٍ　بُومٌ

بَوْلَ　بَوْلِ　بَوْلُ　بَوْلاً　بَوْلٍ　بَوْلٌ

بَطَّ　بَطِّ　بَطُّ　بَطًّا　بَطٍّ　بَطٌّ

تَخْتَ تَخْتِ تَخْتُ تَخْتًا تَخْتٍ تَخْتٌ

تاجَ تاجِ تاجُ تاجًا تاجٍ تاجٌ

تِبْغَ تِبْغِ تِبْغُ تِبْغًا تِبْغٍ تِبْغٌ

تِينَ تِينِ تِينُ تِينًا تِينٍ تِينٌ

تَيْسَ تَيْسِ تَيْسُ تَيْسًا تَيْسٍ تَيْسٌ

تُوتَ تُوتِ تُوتُ تُوتًا تُوتٍ تُوتٌ

第二十四講　阿拉伯文的音標綜合練習（二）

練習二：請按照音標讀寫下列各單字。

تَوْبَ　تَوْبِ　تَوْبُ　تَوْبًا　تَوْبٍ　تَوْبٌ

تَوَّابَ　تَوَّابِ　تَوَّابُ　تَوَّابًا　تَوَّابٍ　تَوَّابٌ

ثَأْبَ　ثَأْبِ　ثَأْبُ　ثَأْبًا　ثَأْبٍ　ثَأْبٌ

إِثارَةَ　إِثارَةِ　إِثارَةُ　إِثارَةً　إِثارَةٍ　إِثارَةٌ

ثَوْبَ　ثَوْبِ　ثَوْبُ　ثَوْبًا　ثَوْبٍ　ثَوْبٌ

ثَيِّبَ　ثَيِّبِ　ثَيِّبُ　ثَيِّبًا　ثَيِّبٍ　ثَيِّبٌ

جَزَرَ　جَزَرِ　جَزَرُ　جَزَرًا　جَزَرٍ　جَزَرٌ

جارَ　جارِ　جارُ　جاراً　جارٍ　جارٌ

جِيلَ　جِيلِ　جِيلُ　جِيلاً　جِيلٍ　جِيلٌ

جَيَّدَ جَيَّدِ جَيَّدُ جَيَّدًا جَيَّدٍ جَيَّدٌ

جَوْلَ جَوْلِ جَوْلُ جَوْلاً جَوْلٍ جَوْلٌ

حَرْبَ حَرْبِ حَرْبُ حَرْبًا حَرْبٍ حَرْبٌ

حاجَّ حاجِّ حاجُّ حاجًّا حاجٍّ حاجٌّ

حالَ حالِ حالُ حالاً حالٍ حالٌ

حَيَّ حَيِّ حَيُّ حَيًّا حَيٍّ حَيٌّ

حِينَ حِينِ حِينُ حِينًا حِينٍ حِينٌ

第二十五講　阿拉伯文的音標綜合練習（三）

練習三：請按照音標讀寫下列各單字。

حَيْنَ　حَيْنِ　حَيْنُ　حَيْنًا　حَيْنٍ　حَيْنٌ

حَوْلَ　حَوْلِ　حَوْلُ　حَوْلاً　حَوْلٍ　حَوْلٌ

خُبْزَ　خُبْزِ　خُبْزُ　خُبْزًا　خُبْزٍ　خُبْزٌ

خانَةَ　خانَةِ　خانَةُ　خانَةً　خانَةٍ　خانَةٌ

خِيرَةَ　خِيرَةِ　خِيرَةُ　خِيرَةً　خِيرَةٍ　خِيرَةٌ

خَيْرَ　خَيْرِ　خَيْرُ　خَيْرًا　خَيْرٍ　خَيْرٌ

خُوَذَ　خُوَذِ　خُوَذُ　خُوَذًا　خُوَذٍ　خُوَذٌ

خَوْخَ　خَوْخِ　خَوْخُ　خَوْخًا　خَوْخٍ　خَوْخٌ

خَدَّامَ　خَدَّامِ　خَدَّامُ　خَدَّامًا　خَدَّامٍ　خَدَّامٌ

دارَ دارِ دارُ دارًا دارٍ دارٌ

دَبَّ دَبِّ دَبُّ دَبًّا دَبٍّ دَبٌّ

دَرْسَ دَرْسِ دَرْسُ دَرْسًا دَرْسٍ دَرْسٌ

دِينَ دِينِ دِينُ دِينًا دِينٍ دِينٌ

دَيْنَ دَيْنِ دَيْنُ دَيْنًا دَيْنٍ دَيْنٌ

دُورَ دُورِ دُورُ دُورًا دُورٍ دُورٌ

دَوْرَ دَوْرِ دَوْرُ دَوْرًا دَوْرٍ دَوْرٌ

第二十六講　阿拉伯文的音標綜合練習（四）

練習四：請按照音標讀寫下列各單字。

ذِئْبَ　ذِئْبِ　ذِئْبُ　ذِئْبًا　ذِئْبٍ　ذِئْبٌ

ذَائِبَ　ذَائِبِ　ذَائِبُ　ذَائِبًا　ذَائِبٍ　ذَائِبٌ

ذَوْقَ　ذَوْقِ　ذَوْقُ　ذَوْقًا　ذَوْقٍ　ذَوْقٌ

ذَيْلَ　ذَيْلِ　ذَيْلُ　ذَيْلاً　ذَيْلٍ　ذَيْلٌ

راسَ　راسِ　راسُ　راسًا　راسٍ　راسٌ

رَأْسَ　رَأْسِ　رَأْسُ　رَأْسًا　رَأْسٍ　رَأْسٌ

رِيشَ　رِيشِ　رِيشُ　رِيشًا　رِيشٍ　رِيشٌ

رَيْبَ　رَيْبِ　رَيْبُ　رَيْبًا　رَيْبٍ　رَيْبٌ

رُوحَ　رُوحِ　رُوحُ　رُوحًا　رُوحٍ　رُوحٌ

رَوْضَةَ رَوْضَةِ رَوْضَةُ رَوْضَةً رَوْضَةٍ رَوْضَةٌ

مَرَّةَ مَرَّةِ مَرَّةُ مَرَّةً مَرَّةٍ مَرَّةٌ

زادَ زادِ زادُ زاداً زادٍ زادٌ

زَرَّ زَرِّ زَرُّ زَرًّا زَرٍّ زَرٌّ

زِيرَ زِيرِ زِيرُ زِيراً زِيرٍ زِيرٌ

زَيْتَ زَيْتِ زَيْتُ زَيْتًا زَيْتٍ زَيْتٌ

زَوْجَ زَوْجِ زَوْجُ زَوْجًا زَوْجٍ زَوْجٌ

第二十七講　阿拉伯文的音標綜合練習（五）

練習五：請按照音標讀寫下列各單字。

زُوَّارَ　زُوَّارِ　زُوَّارُ　زُوَّارًا　زُوَّارٍ　زُوَّارٌ

سَبَبَ　سَبَبِ　سَبَبُ　سَبَبًا　سَبَبٍ　سَبَبٌ

سَابِقَ　سَابِقِ　سَابِقُ　سَابِقًا　سَابِقٍ　سَابِقٌ

سِرَّ　سِرِّ　سِرُّ　سِرًّا　سِرٍّ　سِرٌّ

سِيرَةَ　سِيرَةِ　سِيرَةُ　سِيرَةً　سِيرَةٍ　سِيرَةٌ

سَيْرَ　سَيْرِ　سَيْرُ　سَيْرًا　سَيْرٍ　سَيْرٌ

سِيَرَ　سِيَرِ　سِيَرُ　سِيَرًا　سِيَرٍ　سِيَرٌ

سَيَّارَةَ　سَيَّارَةِ　سَيَّارَةُ　سَيَّارَةً　سَيَّارَةٍ　سَيَّارَةٌ

سُورَ　سُورِ　سُورُ　سُورًا　سُورٍ　سُورٌ

سَوْطَ سَوْطِ سَوْطُ سَوْطًا سَوْطٍ سَوْطٌ

سَوَّاقَ سَوَّاقِ سَوَّاقُ سَوَّاقًا سَوَّاقٍ سَوَّاقٌ

شَهْرَ شَهْرِ شَهْرُ شَهْرًا شَهْرٍ شَهْرٌ

شَابَّ شَابِّ شَابُّ شَابًّا شَابٍّ شَابٌّ

شِيبَ شِيبِ شِيبُ شِيبًا شِيبٍ شِيبٌ

شَيْبَ شَيْبِ شَيْبُ شَيْبًا شَيْبٍ شَيْبٌ

شُوحَ شُوحِ شُوحُ شُوحًا شُوحٍ شُوحٌ

第二十八講　阿拉伯文的音標綜合練習（六）

練習六：請按照音標讀寫下列各單字。

شَوْطَ شَوْطِ شَوْطُ شَوْطًا شَوْطٍ شَوْطٌ

صالَةَ صالَةِ صالَةُ صالَةً صالَةٍ صالَةٌ

صِحَّةَ صِحَّةِ صِحَّةُ صِحَّةً صِحَّةٍ صِحَّةٌ

مَصِيرَ مَصِيرِ مَصِيرُ مَصِيرًا مَصِيرٍ مَصِيرٌ

صَيْفَ صَيْفِ صَيْفُ صَيْفًا صَيْفٍ صَيْفٌ

صُوفَ صُوفِ صُوفُ صُوفًا صُوفٍ صُوفٌ

صَوْتَ صَوْتِ صَوْتُ صَوْتًا صَوْتٍ صَوْتٌ

ضَأْنَ ضَأْنِ ضَأْنُ ضَأْنًا ضَأْنٍ ضَأْنٌ

ضَبَّ ضَبِّ ضَبُّ ضَبًّا ضَبٍّ ضَبٌّ

ضِعْفَ ضِعْفِ ضِعْفُ ضِعْفًا ضِعْفٍ ضِعْفٌ

ضِيقَ ضِيقِ ضِيقُ ضِيقًا ضِيقٍ ضِيقٌ

ضَيْفَ ضَيْفِ ضَيْفُ ضَيْفًا ضَيْفٍ ضَيْفٌ

ضَوْرَ ضَوْرِ ضَوْرُ ضَوْرًا ضَوْرٍ ضَوْرٌ

طابَةَ طابَةِ طابَةُ طابَةً طابَةٍ طابَةٌ

طِبَّ طِبِّ طِبُّ طِبًّا طِبٍّ طِبٌّ

طِيبَ طِيبِ طِيبُ طِيبًا طِيبٍ طِيبٌ

第二十九講　阿拉伯文的音標綜合練習（七）

練習七：請按照音標讀寫下列各單字。

طَيِّبَ　طَيِّبِ　طَيِّبُ　طَيِّبًا　طَيِّبٍ　طَيِّبٌ

طُوبَ　طُوبِ　طُوبُ　طُوبًا　طُوبٍ　طُوبٌ

طَوْرَ　طَوْرِ　طَوْرُ　طَوْرًا　طَوْرٍ　طَوْرٌ

طَوافَ　طَوافِ　طَوافُ　طَوافًا　طَوافٍ　طَوافٌ

طَوَّافَ　طَوَّافِ　طَوَّافُ　طَوَّافًا　طَوَّافٍ　طَوَّافٌ

ظُهْرَ　ظُهْرِ　ظُهْرُ　ظُهْرًا　ظُهْرٍ　ظُهْرٌ

ظَهْرَ　ظَهْرِ　ظَهْرُ　ظَهْرًا　ظَهْرٍ　ظَهْرٌ

عَلَمَ　عَلَمِ　عَلَمُ　عَلَمًا　عَلَمٍ　عَلَمٌ

عِلْمَ　عِلْمِ　عِلْمُ　عِلْمًا　عِلْمٍ　عِلْمٌ

عِيدَ عِيدِ عِيدُ عِيدًا عِيدٍ عِيدٌ

عَيْبَ عَيْبِ عَيْبُ عَيْبًا عَيْبٍ عَيْبٌ

عُودَ عُودِ عُودُ عُودًا عُودٍ عُودٌ

عَوْدَ عَوْدِ عَوْدُ عَوْدًا عَوْدٍ عَوْدٌ

عِوَجَ عِوَجِ عِوَجُ عِوَجًا عِوَجٍ عِوَجٌ

غَائِبَ غَائِبِ غَائِبُ غَائِبًا غَائِبٍ غَائِبٌ

غِيلَةَ غِيلَةِ غِيلَةُ غِيلَةً غِيلَةٍ غِيلَةٌ

第三十講　阿拉伯文的音標綜合練習（八）

練習八：請按照音標讀寫下列各單字。

غَيْرَ　غَيْرِ　غَيْرُ　غَيْراً　غَيْرٍ　غَيْرٌ

غِيرَ　غِيرِ　غِيرُ　غِيراً　غِيرٍ　غِيرٌ

غِيارَ　غِيارِ　غِيارُ　غِياراً　غِيارٍ　غِيارٌ

غَوْرَ　غَوْرِ　غَوْرُ　غَوْراً　غَوْرٍ　غَوْرٌ

فَأْرَ　فَأْرِ　فَأْرُ　فَأْراً　فَأْرٍ　فَأْرٌ

فاتِحَ　فاتِحِ　فاتِحُ　فاتِحاً　فاتِحٍ　فاتِحٌ

فِيلَ　فِيلِ　فِيلُ　فِيلاً　فِيلٍ　فِيلٌ

فَيْرُوزَ　فَيْرُوزِ　فَيْرُوزُ　فَيْرُوزاً　فَيْرُوزٍ　فَيْرُوزٌ

فُولَ　فُولِ　فُولُ　فُولاً　فُولٍ　فُولٌ

فَوْجَ فَوْجِ فَوْجُ فَوْجًا فَوْجٍ فَوْجٌ

قَدَمَ قَدَمِ قَدَمُ قَدَمًا قَدَمٍ قَدَمٌ

قَدِمَ قَدِمِ قَدِمُ قَدِمًا قَدِمٍ قَدِمٌ

قُدُمَ قُدُمِ قُدُمُ قُدُمًا قُدُمٍ قُدُمٌ

قَادِمَ قَادِمِ قَادِمُ قَادِمًا قَادِمٍ قَادِمٌ

قَيْلَ قَيْلِ قَيْلُ قَيْلاً قَيْلٍ قَيْلٌ

مَقِيلَ مَقِيلِ مَقِيلُ مَقِيلاً مَقِيلٍ مَقِيلٌ

第三十一講　阿拉伯文的音標綜合練習（九）

練習九：請按照音標讀寫下列各單字。

قُوتَ　قُوتِ　قُوتُ　قُوتًا　قُوتٍ　قُوتٌ

قَوْمَ　قَوْمِ　قَوْمُ　قَوْمًا　قَوْمٍ　قَوْمٌ

كازَ　كازِ　كازُ　كازًا　كازٍ　كازٌ

كَأْسَ　كَأْسِ　كَأْسُ　كَأْسًا　كَأْسٍ　كَأْسٌ

كِيسَ　كِيسِ　كِيسُ　كِيسًا　كِيسٍ　كِيسٌ

كَيْسَ　كَيْسِ　كَيْسُ　كَيْسًا　كَيْسٍ　كَيْسٌ

كُوبَ　كُوبِ　كُوبُ　كُوبًا　كُوبٍ　كُوبٌ

كَوْكَبَ　كَوْكَبِ　كَوْكَبُ　كَوْكَبًا　كَوْكَبٍ　كَوْكَبٌ

لَحْمَ　لَحْمِ　لَحْمُ　لَحْمًا　لَحْمٍ　لَحْمٌ

لِيفَ	لِيفِ	لِيفُ	لِيفًا	لِيفٍ	لِيفٌ
لَيْلَ	لَيْلِ	لَيْلُ	لَيْلاً	لَيْلٍ	لَيْلٌ
لَوْنَ	لَوْنِ	لَوْنُ	لَوْنًا	لَوْنٍ	لَوْنٌ
ماءَ	ماءِ	ماءُ	ماءً	ماءٍ	ماءٌ
مادَّةَ	مادَّةِ	مادَّةُ	مادَّةً	مادَّةٍ	مادَّةٌ
مِيلَ	مِيلِ	مِيلُ	مِيلاً	مِيلٍ	مِيلٌ
مَيْلَ	مَيْلِ	مَيْلُ	مَيْلاً	مَيْلٍ	مَيْلٌ

第三十二講　阿拉伯文的音標綜合練習（十）

練習十：請按照音標讀寫下列各單字。

مُوضَةَ　مُوضَةِ　مُوضَةُ　مُوضَةً　مُوضَةٍ　مُوضَةٌ

مَوْزَ　مَوْزِ　مَوْزُ　مَوْزًا　مَوْزٍ　مَوْزٌ

ناسَ　ناسِ　ناسُ　ناسًا　ناسٍ　ناسٌ

نِيلَ　نِيلِ　نِيلُ　نِيلًا　نِيلٍ　نِيلٌ

نَيْلَ　نَيْلِ　نَيْلُ　نَيْلًا　نَيْلٍ　نَيْلٌ

نُوبَةَ　نُوبَةِ　نُوبَةُ　نُوبَةً　نُوبَةٍ　نُوبَةٌ

نَوْبَةَ　نَوْبَةِ　نَوْبَةُ　نَوْبَةً　نَوْبَةٍ　نَوْبَةٌ

نُوَّابَ　نُوَّابِ　نُوَّابُ　نُوَّابًا　نُوَّابٍ　نُوَّابٌ

هارِبَ　هارِبِ　هارِبُ　هارِبًا　هارِبٍ　نارِبٌ

هِيشَ هِيشِ هِيشُ هِيشًا هِيشٍ هِيشٌ

هَيْشَ هَيْشِ هَيْشُ هَيْشًا هَيْشٍ هَيْشٌ

هُودَ هُودِ هُودُ هُوداً هُودٍ هُودٌ

هَوْدَ هَوْدِ هَوْدُ هَوْداً هَوْدٍ هَوْدٌ

واحَدَ واحَدِ واحَدُ واحَداً واحَدٍ واحَدٌ

وِيكَةَ وِيكَةِ وِيكَةُ وِيكَةً وِيكَةٍ وِيكَةٌ

وَيْلَ وَيْلِ وَيْلُ وَيْلاً وَيْلٍ وَيْلٌ

ياقُوتَ ياقُوتِ ياقُوتُ ياقُوتًا ياقُوتٍ ياقُوتٌ

يَيْسَرَ يَيْسَرُ يُوسُفَ يُوسُفُ

يَوْمَ يَوْمِ يَوْمُ يَوْمًا يَوْمٍ يَوْمٌ

第三十三講　阿拉伯文的音標綜合練習（十一）

練習下列相近字母的發音。

أ – ع

أَلَمْ　عَلَمْ　أَلَّمَ　عَلَّمَ　تَأَلَّمَ　تَعَلَّمَ

أَمَلٌ　عَمَلٌ　آمِلٌ　عامِلٌ　مَأْمُولٌ　مَعْمُول

أَنْ　عَنْ　أَوَّلَ　عَوَّلَ　أَجَّلَ　عَجَّلَ

مُتَأَثِّرٌ　مُتَعَثِّرٌ　مُأَبَّدٌ　مُعَبَّدٌ　سُؤالٌ　سُعالٌ

ث – س

ثَبَتَ　سَبَتَ　ثُرُورٌ　سُرُورٌ　ثُعالٌ　سُعالٌ

ثَمِينٌ　سَمِينٌ　ثَناءٌ　سَناءٌ　أَثْوارٌ　أَسْوارٌ

ح – هـ

حَبَّ هَبَّ حَبِيبٌ هَبِيبٌ حُبُوبٌ هُبُوبٌ

حَجَّ هَجَّ حُجُومٌ هُجُومٌ حُدُودٌ هُدُودٌ

تَحْدِيدٌ تهْدِيدٌ أَحْرامٌ أَهْرامٌ حَلْحَلَ هَلْهَلَ

ح – خ

حَبَّ خَبَّ أَحْبارٌ أَخْبارٌ حَيْرٌ خَيْرٌ

إِحْصائِيٌّ إِخْصائِيٌّ حِطَّةٌ خِطَّةٌ

حَطَبَ خَطَبَ حالٌ خالٌ نَحْلَةٌ نَخْلَةٌ

第三十四講　阿拉伯文的音標綜合練習（十二）

د – ط – ض – ت

دَبِيبٌ طَبِيبٌ دَبْلٌ طَبْلٌ دَبَّ ضَبَّ

طَبَّ دَجِيجٌ ضَجِيجٌ دَرَبَ طَرَبَ ضَرَبَ

طَرِيحٌ ضَرِيحٌ طُرُوسٌ ضُرُوسٌ دُرُوسٌ طِرْسٌ

ضِرْسٌ طَلَالٌ ضَلَالٌ دَلَالٌ اِضْطِلَاعٌ اِطِّلَاعٌ

دَلَعَ ضَلَعَ طَلَعَ دَوْرٌ طَوْرٌ ضَوْرٌ

دِينٌ طِينٌ تِينٌ تَمَّ طَمَّ ضَمَّ

ذ – ث – ظ

ذِمَارٌ ثِمَارٌ ظَلَّ ذَلَّ تَذْلِيلٌ تَظْلِيلٌ

ذَرِيفٌ ظَرِيفٌ ظُرُوفٌ ذُرُوفٌ ذَلِيلٌ ظَلِيلٌ

اِسْتَظَلَّ اِسْتَذَلَّ ذَماءٌ ظَماءٌ لَذَّ لَظَّى

س - ص

سَبَّ صَبَّ سَبْعٌ صَبْعٌ سَحابَةٌ صَحابَةٌ

أَسَرَّ أَصَرَّ سُرُوحٌ صُرُوحٌ سُعُودٌ صُعُودٌ

第三十五講　阿拉伯文的音標綜合練習（十三）

ق – ك

قَانُونٌ كَانُونٌ قُبُولٌ كُبُورٌ مَكْسُورٌ

مَقْصُورٌ

شَوْكٌ شَوْقٌ كُلْ قُلْ كَلْبُ قَلْبُ

أ – ي

شَيْئًا شَايًا شُؤُونٌ اِفْيُونٌ مَلاَيِينَ مُمْتَلِئِينَ

صِينِيِّينَ مُبْتَدِئِينَ فِدائِيِّينَ لاجِئِينَ

خ – غ

خَيْرٌ غَيْرٌ خِيارٌ غِيارٌ مَخافِرُ مَغافِرُ

خِلالَ غِلالَ خالِبٌ غالِبٌ خُمُورٌ غُمُورٌ

ر – ل

مَسْرُورٌ مَسْلُولٌ رُعْبٌ لُعْبٌ رَيْثٌ لَيْثٌ

جَرائِرُ جَـلائِلُ مُحَلِّلٌ مُحَرِّرٌ اِسْلافٌ اِسْرافٌ

第三十六講　阿拉伯文字母的分類與冠詞的唸法

阿拉伯文二十八個字母，依發音部位分為兩大類，齒音字母與非齒音字母。阿拉伯學者把齒音字母稱之為「太陽字母」，而把非齒音字母稱之為「月亮字母」。太陽字母與月亮字母各有十四個。

月亮字母：

ا ب ج ح خ ع غ ف ق ك م هـ و ي

太陽字母：

ت ث د ذ ر ز س ش ص ض ط ظ ل ن

這種字母的分類只有一個作用，那就是影響冠詞的讀法。阿拉伯文只有定冠詞，沒有不定冠詞。阿拉伯文的冠詞是由兩個字母組成，寫在名詞的前面，並與名詞寫成一個字。

例如

بَيْتٌ加上冠詞（أ ل）則寫成（أَلْبَيْتُ）。

阿拉伯文的名詞，若加上冠詞，則必須改變字尾的發音。即把原來名詞的複開口音或複裂口音或複聚口音，改變為單開口音或單裂口音或單聚口音。

例如

بَيْتٌ + أ ل = أَلْبَيْتُ

بَيْتٍ + أ ل = أَلْبَيْتِ

بَيْتاً + أ ل = أَلْبَيْتَ

冠詞後面連接的字母，若是月亮字母，則冠詞的讀音為（ أَلْ ）。

例如

أ : أَسَدٌ + أَلْ ← أَلأَسَدُ

ب : بَيْتٌ + أَلْ ← أَلْبَيْتُ

ج : جَيْشٌ + أَلْ ← أَلْجَيْشُ

ح : حَالٌ + أَلْ ← أَلْحَالُ

خ : خَالٌ + أَلْ ← أَلْخَالُ

ع : عِلْمٌ + اَلْ ← اَلْعِلْمُ

غ : غَنَمٌ + أَلْ ← أَلْغَنَمُ

ف: فَأْرٌ + أَلْ ← أَلْفَأْرُ

ق : قَلَمٌ + أَلْ ← أَلْقَلَمُ

ك : كَلْبٌ + أَلْ ← أَلْكَلْبُ

م : مَسَاءٌ + أَلْ ← أَلْمَسَاءُ

هـ : هَوَاءٌ + أَلْ ← أَلْهَوَاءُ

و : وَاحِدٌ + أَلْ ← أَلْوَاحِدُ

ي: يَوْمٌ + أَلْ ← أَلْيَوْمُ

第三十七講　阿拉伯文冠詞與太陽字母連接的唸法

阿拉伯文的冠詞後面所連接的字母，若為太陽字母，則冠詞（ أَل ）中的（ ل ）不發音，冠詞後面的字母應唸成疊音。

例如

ت : تَاجٌ + أَل ← أَلتَّاجُ

ث : ثَوْرٌ + أَلْ ← أَلثَّوْرُ

د : دَارٌ + أَلْ ← أَلدَّارُ

ذ : ذِئْبٌ + أَلْ ← أَلذِّئْبُ

ر : رَجُلٌ + أَلْ ← أَلرَّجُلُ

ز : زَيْتٌ + أَلْ ← أَلزَّيْتُ

س : شَمْسٌ + أَلْ ← أَلشَّمْسُ

ش : شَايٌ + أَلْ ← أَلشَّايُ

ص : صَبَاحٌ + اَلْ	←	اَلصَّبَاحُ
ض : ضَوْءُ + أَلْ	←	أَلضَّوْءُ
ط : طَالِبٌ + أَلْ	←	أَلطَّالِبُ
ظ : ظَلاَمٌ + أَلْ	←	أَلظَّلاَمُ
ل : لَيْلٌ + أَلْ	←	أَللَّيْلُ
ن : نُورٌ + أَلْ	←	أَلنُّورُ

第三十八講　阿拉伯文冠詞在句子當中的唸法

加上冠詞的字，若位於句首，則冠詞（أَل）中的（أ）必須發音。若位於句中，則冠詞（أَل）中的（أ）不必發音。

例如

أَلْبَيْتُ جَمِيلٌ 此句中的（أَلْ）必須發音。

فِي الْبَيْتِ 此句中的（أَلْ）的（أ）不必發音。

換句話說，月亮字母開頭的名詞加上冠詞後，若要與前面單字字尾連讀時，則前面一個單字的尾音與冠詞（أَل）中的（أ）直接連音，，而冠詞（أَل）中的（أ）則不發音。但在書寫上，（أ）還是要寫，不可因為不發音而不寫。

例如

أَلْبَيْت（家）

إِلَى الْبَيْت（到家）

أَلْيَوْمَ（今天）

رَجَعَ الْوَلَدُ إِلَى الْبَيْتِ الْيَوْمَ（小孩今天回家來了）

太陽字母開頭的名詞，加上冠詞後，冠詞（أل）中的（ل）不發音。與前面單字連讀時，冠詞（أل）中的（أ）也不發音，此時整個冠詞（أل）都不發音，此時，要將冠詞前面單字尾音與冠詞後面太陽字母直接以疊音讀出，整個冠詞都不發音，但在書寫上。冠詞（أل）不可省略不寫。

例如

أَلْ + صِينٌ = أَلصِّينُ （中國）

إِلَى الصِّينِ （到中國）

أَلْ + طَالِبٌ = أَلطَّالِبُ （學生）

ذَهَبَ الطَّالِبُ إِلَى الصِّينِ （學生在中國去了）

第三十九講　阿拉伯文的標點符號與數字

一、阿拉伯文的標點符號

阿拉伯文的標點符號與中文及英文的標點符號不完全相同，所以在學習阿拉伯文之前必須先介紹它。

常用的阿拉伯文標點符號有下列幾個：

1. 疑問符號「؟」

    阿拉伯文的疑問符號為「؟」，它與中英文的疑問符號寫法相反。

2. 逗點符號「،」

    阿拉伯文的逗點符號為「،」，它與中英文的逗點符號寫法相反。

3. 分號「؛」

    阿拉伯文的分號為「؛」，它與中英文的分號寫法相反。

4. 句點符號「．」，冒號「：」，省略號「…」，感歎號「！」，括號「（）」，破折號「—」等則與中英文的符號完全一樣。

二、阿拉伯文的數字

　　阿拉伯文的數字，與我們常吏用所謂的阿拉伯文的數字寫法完全不同。阿拉伯人已不用我們所稱的阿拉伯文的數字（1 2 3 4 5 6 7 8 9 0），它們現在使用的數字是古印度數字١٢٣٤٥٦٧٨٩٠。將阿拉伯文的數字與古印度數字寫法對照如下：

阿拉伯文的數字　　1　2　3　4　5　6　7　8　9　0

古 印 度 數 字　　١　٢　٣　٤　٥　٦　٧　٨　٩　٠

　例如

10	15	32	23	100	1,001
١٠	١٥	٣٢	٢٣	١٠٠	١,٠٠١

第二部份　初級阿拉伯語會話

第四十講　問候

١ - أَلسَّلَامُ عَلَيْكُمْ .	وَعَلَيْكُمُ السَّلَامُ .
٢ - مَرْحَبًا .	أَهْلاً وَسَهْلاً .
٣ - كَيْفَ الْحَالُ ؟	أَلْحَمْدُ لِلّٰهِ ، بِخَيْرٍ .

翻譯

1. 你好。	你好。
2. 你好。	你好。
3. 你好嗎？	感謝真主，很好。

字彙

在你們之上	عَلَيْكُمْ	平安	أَلسَّلَامُ
歡迎	مَرْحَبًا	和，與（連）	وَ
如何？	كَيْفَ	歡迎	أَهْلاً وَسَهْلاً
讚美	أَلْحَمْدُ	狀況，情況	أَلْحَالُ
真主	أَللّٰهُ	屬於，歸屬（介）	لِ
好的	خَيْرٌ	以，用，在（介）	بِ

練習

أَلسَّلاَمُ عَلَيْكُمْ !	وَعَلَيْكُمُ السَّلاَمُ !
مَرْحَبًا !	أَهْلاً وَسَهْلاً !
كَيْفَ الْحَالُ ؟	أَلْحَمْدُ لِلَّهِ ، بِخَيْرٍ .

第四十一講　請教大名

٤- مَا اسْمُكَ الْكَرِيمُ ؟　　اِسْمِي لِي دَا آن .

٥- أَهْلاً وَسَهْلاً بِكُمْ .　　أَهْلاً بِكُمْ .

٦ - كَيْفَ صِحَّتُكَ ؟　　أَنَا بِصِحَّةٍ جَيِّدَةٍ .

翻譯

4. 請教大名	我叫李大安。
5. 歡迎！	歡迎。
6. 你好不好？	我很好。

字彙

你的名字	اِسْمُكَ	什麼？	مَا
我的名字	اِسْمِي	慷慨的	أَلْكَرِيمُ
你們	بِكُمْ	歡迎	أَهْلاً وَسَهْلاً
我	أَنَا	你的健康	صِحَّتُكَ
		好的	جَيِّدَةٌ

練習

كَيْفَ حَالُكَ ؟	أَنَا بِخَيْرٍ وَالْحَمْدُ لِلَّهِ .
كَيْفَ الْحَالُ ؟	أَلْحَمْدُ لِلَّهِ ، بِخَيْرٍ .
مَرْحَبًا ، كَيْفَ الْحَالُ ؟	أَلْحَمْدُ لِلَّهِ .
كَيْفَ الصِّحَّةُ ؟	أَلْحَمْدُ لِلَّهِ ، أَنَا بِصِحَّةٍ جَيِّدَةٍ .
مَرْحَبًا !	أَهْلاً وَسَهْلاً .

第四十二講　早安

٧- صَبَاحَ الْخَيْرِ .　　صَبَاحَ النُّورِ .

٨ - مَسَاءَ الْخَيْرِ .　　مَسَاءَ النُّورِ .

٩ - فُرْصَةٌ سَعِيدَةٌ .　　فُرْصَةٌ سَعِيدَةٌ .

翻譯

7. 早安。　　早安。

8. 晚安。　　晚安。

9. 幸會。　　幸會。

字彙

صَبَاحٌ	早晨	نُورٌ	光
مَسَاءٌ	下午，晚上	فُرْصَةٌ	機會
سَعِيدَةٌ	愉快的		

練習

صَبَاحَ الْخَيْرِ !	صَبَاحَ النُورِ !
مَا اسْمُكَ الْكَرِيمُ ؟	اِسْمِي لِي دَا آنْ .
كَيْفَ الْحَالُ ؟	أَلْحَمْدُ لِلَّهِ ، أَنَا بِخَيْرٍ .
وكَيْفَ الصِّحَّةُ ؟	أَلْحَمْدُ لِلَّهِ ، أَنَا بِصِحَّةٍ جَيِّدَةٍ .
فُرْصَةٌ سَعِيدَةٌ !	فُرْصَةٌ سَعِيدَةٌ !

第四十三講　再見

١٠ - فِي أَمَانِ اللَّهِ .　　مَعَ السَّلَامَةِ .

١١ - إِلَى اللِّقَاءِ .　　مَعَ السَّلَامَةِ .

١٢ - شُكْرًا .　　عَفْوًا .

翻譯

10. 再見。　　再見。
11. 再見。　　再見。
12. 謝謝。　　不謝。

字彙

平安，安全	أَمَانٌ	在（介）	فِي
到（介）	إِلَى	與，和	مَعَ
平安，安全	ألسَّلَامَة	見面	لِقَاءُ
不謝，原諒，對不起	عَفْوًا	謝謝	شُكْرًا

練習

مَسَاءَ الْخَيْرِ !	مَسَاءَ النُّورِ !
مَا اسْمُكَ الْكَرِيمُ ؟	اِسْمِي لِي دَا آنْ .
فُرْصَةٌ سَعِيدَةٌ !	فُرْصَةٌ سَعِيدَةٌ !
شُكْراً !	عَفْواً !
مَعَ السَّلَامَةِ !	إِلَى اللِّقَاءِ !
فِي أَمَانِ اللَّهِ !	مَعَ السَّلَامَةِ !

第四十四講　複習

١ - ألسَّلام عَلَيْكُمْ .	وَعَلَيْكُمُ السَّلاَمُ .
٢ - مَرْحَبًا .	أهْلاً وَسَهْلاً .
٣ - كَيْفَ الْحَالُ ؟	ألْحَمْدُ لِلّٰهِ ، بِخَيْرٍ .
٤- مَا اسْمُكَ الْكَرِيمُ ؟	اِسْمِي لِي دا آن
٥- أهْلاً وَسَهْلاً بِكُمْ .	أهْلاً بِكُمْ .
٦ - كَيْفَ صِحَّتُكَ ؟	أنَا بِصِحَّةٍ جَيِّدَةٍ .
٧- صَبَاحَ الْخَيْرِ .	صَبَاحَ النُّورِ .
٨ - مَسَاءَ الْخَيْرِ .	مَسَاءَ النُّورِ .
٩ - فُرْصَةٌ سَعِيدَةٌ .	فُرْصَةٌ سَعِيدَةٌ .
١٠ - فِي أمَانِ اللّٰهِ .	مَعَ السَّلاَمَةِ .
١١ - إلَى اللِّقَاءِ .	مَعَ السَّلاَمَةِ .
١٢ - شُكْرًا .	عَفْوًا .

第四十五講　什麼？　مَا ؟

١٣ - مَا اسْمُ هَذَا الشَّارِعِ ؟　　اِسْمُهُ شَارِعُ دَا آنْ .

١٤- مَا هَذَا ؟　　هَذَا قَلَمٌ .

١٥ - مَا هُوَ التَّارِخُ الْيَوْمَ ؟　　تَارِيخُ الْيَوْمِ هُوَ أَوَّلُ نُوفَمْبِرَ

翻譯

13. 這條街叫什麼？　　它叫大安街。
14. 這是什麼？　　這是一枝筆。
15. 今天是幾月幾日？　　今天是十一月一日。

字彙

مَا	什麼？	هَذَا	這個
أَلشَّارِعُ	街道	قَلَمٌ	筆
تَارِيخٌ	日期，歷史	أَلْيَوْمَ	今天
هَوَ	它，他	أَوَّلُ	第一
نُوفَمْبِرَ	十一月		

練習

مَا هَذَا ؟ هَذَا قَلَمٌ ؟

هَلْ هُوَ قَلَمُكَ ؟ نَعَمْ ، هُوَ قَلَمِي .

كَيْفَ صِحَّتُكَ الْيَوْمَ ؟ أَلْحَمْدُ لِلَّهِ ، أَنَا بِصِحَّةٍ جَيِّدَةٍ .

مَا هُوَ التَّارِخُ الْيَوْمَ ؟ أَلْيَوْمُ هُوَ أَوَّلُ نُوفَمْبِرَ .

مَا اسْمُ هَذَا الشَّارِعِ ؟ هَذَا هُوَ شَارِعُ دَا آن .

第四十六講　什麼？ مَاذَا ؟

١٦ - مَاذَا قُلْتَ ؟　　قُلْتُ إِنَّنِي أَشْتَغِلُ فِي شَرِكَةٍ تِجَارِيَّةٍ .

١٧ - مَاذَا تَقُولُ ؟　　أَقُولُ إِنَّ تَارِيخَ الْيَوْمِ هُوَ ثَانِي نُوفَمْبِرَ

١٨- مَاذَا تَعْمَلُ الآنَ ؟　　لاَ أَعْمَلُ شَيْئًا الآنَ .

翻譯

16. 你說了什麼？　我說我在一家貿易公司工作。
17. 你在說什麼？　我說今天是11月2日。
18. 你現在在做什麼？　我現在什麼都沒做。

字彙

مَاذَا	什麼？	قُلْتَ	你說了
قُلْتُ	我說了	إِنَّنِي	我確實
أَشْتَغِلُ	我工作	شَرِكَةٌ	公司
تِجَارِيَّةٌ	貿易的，商業的	تَقُولُ	你在說
أَقُولُ	我說	ثَانٍ	第二
تَعْمَلُ	你做	أَلآنَ	現在
لاَ	不，不是，沒有	أَعْمَلُ	我做
شَيْءٌ	事情，東西		

練習

أيْنَ تَشْتَغِلُ الآنَ ؟	أشْتَغِلُ فِي شَرِكَةٍ تِجَارِيَّةٍ .
مَاذَا تَعْمَلُ الآنَ ؟	لاَ أعْمَلُ شَيْئًا الآنَ .
مَاذَا تَقُولُ ؟	أقُولُ إنَّنِي لاَ أعْمَلُ شَيْئًا الآنَ
هَلِ الْيَوْمُ هُوَ ثَانِي نُوفَمْبِرَ ؟	لاَ ، أَلْيَوْمُ هُوَ أوَّلُ نُوفَمْبِرَ .
مَاذَا قُلْتَ ؟	قُلْتُ الْيَوْمُ هُوَ أوَّلُ نُوفَمْبِرَ .

第四十七講　哪裡？ أَيْنَ ؟

١٩ – أَيْنَ تَشْتَغِلُ ؟ أَشْتَغِلُ فِي شَرِكَةٍ تِجَارِيَّةٍ .

٢٠ – أَيْنَ تَسْكُنُ ؟ أَسْكُنُ فِي تَايْبَيْه .

٢١ – أَيْنَ تَذْهَبُ الْآنَ ؟ أَذْهَبُ الآنَ إِلَى الشَّرِكَةِ .

翻譯

19. 你在哪裡上班？　我在一家貿易公司上班。
20. 你家住哪裡？　我住在台北。
21. 你現在要去哪裡？　我現在要到公司去。

字彙

أَيْنَ	哪裡？	تَشْتَغِلُ	你工作
تَسْكُنُ	你居住	أَسْكُنُ	我居住
تَايْبَيْه	台北	تَذْهَبُ	你去
أَلآنَ	現在	أَذْهَبُ	我去

練習

أيْنَ تَشْتَغِلُ الآنَ ؟	أشْتَغِلُ فِي الشَّرِكَةِ التِّجَارِيَّةِ الْأنَ
أيْنَ تَسْكُنُ الْآنَ ؟	أسْكُنُ فِي تَايْبَيْهَ .
هَلْ تَسْكُنُ فِي هَذَا الشَّارِعِ ؟	لاَ ، أسْكُنُ فِي ذَلِكَ الشَّارِعِ .
هَلْ تَذْهَبُ إلَى الشَّرِكَةِ الْأنَ ؟	لاَ ، أذْهَبُ الْآنَ إلَى الْبَيْتِ .
أيْنَ تَعْمَلُ ؟	قُلْتُ إنَّنِي أعْمَلُ فِي الشَّرِكَةِ التِّجَارِيَّةِ .

第四十八講　如何，怎麼樣？ كَيْفَ ؟

٢٢ - كَيْفَ الطَّقْسُ الْيَوْمَ ؟　　أَلطَّقْسُ الْيَوْمَ جَمِيلٌ جِداً .

٢٣ - كَيْفَ الْعَائِلَةُ ؟　　أَلْحَمْدُ لِلَّهِ ، كُلُّهُمْ بِخَيْرٍ .

٢٤ - كَيْفَ الشُّغْلُ ؟　　أَلْحَمْدُ لِلَّهِ ، جَيِّدٌ .

翻譯

22. 今天天氣怎麼樣？　　今天天氣很好。
23. 家人好不好？　　感謝真主，他們都很好。
24. 工作忙不忙？　　感謝真主，還好啦。

字彙

كَيْفَ	如何？	أَلطَّقْسُ	天氣，氣候
جَمِيلٌ	美好，漂亮	جِداً	非常
أَلْعَائِلَةُ	家庭，家人	كُلُّهُمْ	他們全部
أَلشُّغْلُ	工作	جَيِّدٌ	好的

練習

كَيْفَ الطَّقْسُ اْلآنَ فِي تَايْبَيْهَ ؟	أَلطَّقْسُ اْلآنَ فِي تَايْبَيْهَ جَيِّدٌ جِداً
كَيْفَ الشُّغْلُ فِي الشَّرِكَةِ ؟	اَلْحَمْدُ لِلَّهِ ، جَيِّدٌ .
هَلْ شَرِكَتُكَ فِي تَايْبَيْهَ ؟	نَعَمْ ، شَرِكَتِي فِي تَايْبَيْهَ .
كَيْفَ الْعَائِلَةُ ؟	كُلُّهُمْ بِخَيْرٍ ، شُكْراً .
أَيْنَ الْعَائِلَةُ اْلآنَ ؟	كُلُّهُمْ فِي الْبَيْتِ .

第四十九講　複習

١٣ - مَا اسِمُ هَذَا الشَّارِعِ ؟　　اِسْمُهُ شَارِعُ دا آنْ .

١٤- مَا هَذاَ ؟　　هَذَا قَلَمٌ .

١٥ - مَا هُوَ التَّارِخُ الْيَوْمَ ؟　　تَارِيخُ الْيَوْمِ هُوَ أوَّلُ نُوفَمبِرَ .

١٦ - مَاذَا قُلْتَ ؟　　قُلْتُ إنَّنِي أشْتَغِلُ فِي شَرِكَةٍ تِجَارِيَّةٍ .

١٧ - مَاذَا تَقُولُ ؟　　أقُولُ إنَّ تَارِيخَ الْيَوْمِ هُوَ ثَانِي نُوفَمْبِرَ .

١٨- مَاذَا تَعْمَلُ الآنَ ؟　　لاَ أعْمَلُ شَيْئًا الآنَ .

١٩ - أيْنَ تَشْتَغِلُ ؟　　أشْتَغِلُ فِي شَّرِكَةِ تِجَارِيَّةِ .

٢٠ - أيْنَ تَسْكُنُ ؟　　أسْكُنُ فِي تَايْبَيْهَ .

٢١ - أيْنَ تَذْهَبُ ٱلآنَ ؟　　أذْهَبُ ٱلآنَ إلَى الشَّرِكَةِ .

٢٢ - كَيْفَ الطَّقْسُ الْيَوْمَ ؟　　ألطَّقسُ الْيَوْمَ جَمِيلٌ جِداً .

٢٣ - كَيْفَ الْعَائِلَةُ ؟　　ألْحَمْدُ لِلَّهِ ، كُلُّهُمْ بِخَيْرٍ .

٢٤ - كَيْفَ الشُّغْلُ ؟　　ألْحَمْدُ لِلَّهِ ، جَيِّدٌ .

第五十講　什麼時候？ مَتَى

٢٥ - مَتَى رَجَعْتَ ؟　　　رَجَعْتُ يَوْمَ أَمْسِ ؟

٢٦ - مَتَى تَرْجِعُ ؟　　　أَرْجِعُ غَدًا ، إِنْ شَاءَ اللَّهُ .

٢٧- مَتَى تَزُورُنَا ؟　　　أَزُورُكُمْ قَرِيبًا ، إِنْ شَاءَ اللَّهُ .

翻譯

25. 你什麼時候回來的？　　我昨天回來的。
26. 你什麼時候回來？　　　我明天回來。（假若真主願意的話）
27. 你什麼時候來看我們？　但願最近能去拜訪你們。

字彙

你回來了	رَجَعْتَ	什麼時候	مَتَى
昨天	يَوْمَ أَمْسِ	你回來了	رَجَعْتُ
我回來	أَرْجِعُ	你回來	تَرْجِعُ
我拜訪你們	أَزُورُكُمْ	你來看我們	تَزُورُنَا
明天	غَدًا	最近（時間）	قَرِيبًا
願意（動詞）	شَاءَ	假若	إِنْ

練習

مَتَى رَجَعْتَ مِنْ تَايْبَيْهَ ؟	رَجَعْتُ مِنْ تَايْبَيْهَ يَوْمَ أَمْسِ .
مَتَى رَجَعْتَ إِلَى الْبَيْتِ ؟	رَجَعْتُ إِلَى الْبَيْتِ أَمْسِ .
مَتَى تَرْجَعُ إِلَى الشَّرِكَةِ لِلشُّغْلِ ؟	أَرْجَعُ إِلَى الشَّرِكَةِ لِلشُّغْلِ غَداً .
هَلْ تَزُورُنَا الْيَوْمَ ؟	لا ، شُكْراً ، أَزُورُكُمْ غَداً إِنْ شَاءَ اللَّهُ .
تَزُورُنَا قَرِيباً ، إِنْ شَاءَ اللَّهُ .	إِنْ شَاءَ اللَّهُ .

第五十一講　多少，幾？ كَمْ ؟

٢٨ - كَمِ السَّاعَةُ الْآنَ ؟　　أَلسَّاعَةُ الْآنَ الْعَاشِرَةُ .

٢٩ - بِكَمْ تَبِيعُ هَذَا ؟　　هَذَا بِعَشْرَةِ دُولَارَاتٍ لِلدَّزِينَةِ .

٣٠ - كَمْ يَوْمًا سَتَبْقَى فِي تَايْبَيْهَ ؟　　سَأَبْقَى أُسْبُوعًا تَقْرِيبًا .

翻譯

28. 現在是幾點？　　現在是十點
29. 這個你怎麼賣？　　這個一打十塊美金。
30. 你在台北要待幾天？　　我大概要待一個禮拜。

字彙

小時，鐘錶，鐘點	أَلسَّاعَةُ	多少？	كَمْ
多少錢？	بِكَمْ	第十	أَلْعَاشِرَةُ
十	عَشْرَةٌ	你賣	تَبِيعُ
一打	دَزِينَةٌ	元	دُولَارٌ ج دُولَارَاتٌ
你將停留	سَتَبْقَى	日，天	يَوْمٌ ج أَيَّامٌ
星期，週	أُسْبُوعٌ	我將停留	سَأَبْقَى
		大概	تَقْرِيبًا

練習

كَمْ يَوْمًا سَتَبْقَى فِي تَايْبَيْهَ ؟

سَأَبْقَى فِي تَايْبَيْهَ أُسْبُوعًا .

كَمِ السَّاعَةُ ٱلْآنَ ؟

أَلسَّاعَةُ ٱلْآنَ الْعَاشِرَةُ صَبَاحًا .

بِكَمْ تَبِيعُ هَذِهِ السَّاعَةَ ؟

هَذِهِ السَّاعَةُ بِعَشْرَةِ دُولَارَاتٍ .

كَمْ يَوْمًا رَجَعْتَ إِلَى تَايْبَيْهَ ؟

رَجَعْتُ إِلَى تَايْبَيْهَ عَشْرَةَ أَيَّامٍ تَقْرِيبًا .

أَلدَّزِينَةُ بِكَمْ ؟

أَلدَّزِينَةُ بِعَشْرَةِ دُولَارَاتٍ .

第五十二講　哪一個？ أيٌّ ؟

٣١ - فِي أيِّ فُنْدُقٍ تَنْزِلُ الْآنَ ؟	أنْزِلُ الْآنَ فِي فُنْدُقِ لاَيْ لاَيْ .
٣٢ - إلَى أيِّ يَوْمٍ سَتَبْقَى هُنَا ؟	سَأبْقَى هُنَا إلَى يَوْمِ الْجُمْعَةِ .
٣٣ - أيُّ يَوْمٍ سَتُسَافِرُ ؟	سَأسَافِرُ فِي يَوْمِ السَّبْتِ .

翻譯

30. 你現在住在哪一家旅館？	我現在住在來來飯店。
31. 你要在這裡待到星期幾？	我要在這裡待到星期五。
32. 你禮拜幾要走？	我星期六就要走了。

字彙

أيٌّ	哪一個？	فُنْدُقٌ	旅館
تَنْزِلُ	你下榻，你下來	أنْزِلُ	小時，鐘點
لاَيْ لاَيْ	來來	هُنَا	這裡
يَوْمُ الْجُمْعَةِ	星期五	سَتُسَافِرُ	你將啟程
سَأسَافِرُ	我將啟程	يَوْمُ السَّبْتِ	星期六

練習

فِي أَيِّ شَارِعٍ تَسْكُنُ الْآنَ ؟	أَسْكُنُ الْآنَ فِي شَارِعِ دَا آنْ .
فِي أَيِّ شَرِكَةٍ تَشْتَغِلُ الْآنَ ؟	أَشْتَغِلُ الْآنَ فِي شَرِكَةِ دَا آنْ .
إِلَى أَيِّ فُنْدُقٍ تَذْهَبُ الْآنَ ؟	أَذْهَبُ الْآنَ إِلَى فُنْدُقِ تَايْبِيهَ .
أَيِّ سَاعَةٍ سَتَرْجِعُ مِنَ الشَّرِكَةِ ؟	سَأَرْجِعُ مِنَ الشَّرِكَةِ فِي السَّاعَةِ الْعَاشِرَةِ .
إِلَى أَيِّ مَدِينَةٍ سَتُسَافِرُ ؟	سَأُسَافِرُ إِلَى دُبَيْ . （杜拜）

第五十三講　為什麼？ لِمَاذَا ؟

٣٤ – لِمَاذَا لَمْ تَحْضُرْ أَمْسِ ؟　　لأَنَّنِي كُنْتُ مَرِيضًا أَمْسِ .

٣٥ – لِمَاذَا لاَ تَذْهَبُ مَعَنَا ؟　　لأَنَّ عِنْدِي مَوْعِداً مَعَ صَدِيقِي .

٣٦ – لِمَاذَا لَمْ تُخْبِرْنِي بِوُصُولِكَ ؟　　لأَنَّنِي كُنْتُ مَشْغُولاً .

翻譯

34. 昨天你為什麼沒有來？	因為我昨天身體不舒服。
35. 你為什麼沒告訴我你要來？	因為我當時很忙。
36. 你為什麼不跟我們一塊去呢？	因為我跟朋友有約。

字彙

沒有，尚未	لَمْ	為什麼？	لِمَاذَا
我當時	كُنْتُ	來，到，出席	تَحْضُرُ
我有	عِنْدِي	生病	مَرِيضٌ
約會	مَوْعِداً	跟我們一起	مَعَنَا
你告訴我	تُخْبِرُنِي	我的朋友	صَدِيقِي
忙碌	مَشْغُولٌ	你到達	وُصُولِكَ

練習

لِمَاذَا لاَ تَشْتَغِلُ فِي الشَّرِكَةِ الْيَوْمَ ؟   لِأَنَّ الْيَوْمَ هُوَ يَوْمُ السَّبْتِ .

لِمَاذَا لَمْ تَحْضُرْ إِلَى الشَّرِكَةِ أَمْسِ ؟   لِأَنَّنِي كُنْتُ مَرِيضًا أَمْسِ .

لِمَاذَا لَمْ تُخْبِرْنِي بِأَنَّكَ مَرِيضٌ أَمْسِ ؟   لِأَنَّنِي كُنْتُ مَشْغُولاً أَمْسِ .

لِمَاذَا لاَ تُسَافِرُ الْيَوْمَ ؟   لِأَنَّ عِنْدِي مَوْعِدًا الْيَوْمَ .

لِمَاذَا لاَ تَنْزِلُ فِي هَذَا الْفُنْدُقِ ؟   لِأَنَّ هَذَا الْفُنْدُقَ لَيْسَ جَيِّدًا .

第五十四講　複習

٢٥ - مَتَى رَجَعْتَ ؟	رَجَعْتُ يَوْمَ أَمْسِ ؟
٢٦ - مَتَى تَرْجِعُ ؟	أَرْجِعُ غَداً ، إِنْ شَاءَ اللَّهُ .
٢٧- مَتَى تَزُورُنَا ؟	أَزُورُكُمْ قَرِيبًا ، إِنْ شَاءَ اللَّهُ .
٢٨ - كَمِ السَّاعَةُ الآنَ ؟	أَلسَّاعَةُ الآنَ الْعَاشِرَةُ .
٢٩ - بِكَمْ تَبِيعُ هَذَا ؟	هَذَا بِعَشْرَةِ دُولاَرَاتٍ لِلدَزِينَةِ .
٣٠ - كَمْ يَوْمًا سَتَبْقَى فِي تَايْبَيْهَ ؟	سَأَبْقَى أُسْبُوعًا تَقْرِيبًا .
٣١ - فِي أَيُّ فُنْدُقٍ تَنْزِلُ الآنَ ؟	أَنْزِلُ الآنَ فِي فُنْدُقِ لاَيْ لاَيْ .
٣٢ - إِلَى أَيِّ يَوْمٍ سَتَبْقَى هُنَا ؟	سَأَبْقَى هُنَا إِلَى يَوْمِ الْجُمْعَةِ .
٣٣ - أَيُّ يَوْمٍ سَتُسَافِرُ ؟	سَأُسَافِرُ فِي يَوْمِ السَّبْتِ .
٣٤ - لِمَاذَا لَمْ تَحْضُرْ أَمْسِ ؟	لأَنَّنِي كُنْتُ مَرِيضًا أَمْسِ .
٣٥ - لِمَاذَا لاَ تَذْهَبُ مَعَنَا ؟	لأَنَّ عِنْدِي مَوْعِداً مَعَ صَدِيقِي .
٣٦ - لِمَاذَا لَمْ تُخْبِرْنِي بِوُصُولِكَ ؟	لأَنَّنِي كُنْتُ مَشْغُولاً .

第五十五講　誰？ مَنْ ؟

٣٧ - مَنْ أنْتَ ؟ 　　أنَا زَبُونُكَ لِي دَا آنْ .

٣٨ - مَنْ يَتَكَلَّمُ ؟ 　　أنَا لِي دَا آنْ أتَكَلَّمُ .

٣٩ - مَنْ يَعْرِفُ عُنْوَانَ الشَّرِكَةِ ؟ 　　ألسِّكْرِتِيرَةُ تَعْرِفُهُ .

翻譯

37. 你是誰？　　我是你的客戶李大安。
38. 誰在說話？　　我李大安在說話。
39. 誰知道公司的地址？　　祕書知道。

字彙

مَنْ	誰？	أنْتَ	你
أنَا	我	زَبُونُكَ	你的客戶
يَتَكَلَّمُ	說話	أتَكَلَّمُ	我在說話
يَعْرِفُ	知道	عُنْوَانٌ	地址，標題
سِكْرِتِيرَةٌ	女祕書	تَعْرِفُ	你、她知道

練習

مَنْ رَجَعَ إِلَى تَايْبَيْهَ أَمْسِ ؟ — صَدِيقِي رَجَعَ إِلَى تَايْبَيْهَ أَمْسِ .

مَنْ كَانَ يَتَكَلَّمُ مَعَكَ أَمْسِ ؟ — كَانَ صَدِيقِي يَتَكَلَّمُ مَعِي أَمْسِ .

مَنْ يَعْرِفُ عُنْوَانَ هَذَا الْفُنْدُقِ ؟ — أَنَا أَعْرِفُهُ .

مَنْ سَيُخْبِرُكَ بِوُصُولِهِ إِلَى تَايْبَيْهَ ؟ — اَلسِّكْرِتِيرَةُ سَتُخْبِرُنِي بِوُصُولِهِ .

مَنْ سَيُسَافِرُ غَداً ؟ — زَبُونِي سَيُسَافِرُ غَداً .

第五十六講　誰的？ لِمَنْ ؟

٤٠ – لِمَنْ هَذِهِ الْقَهْوَةُ ؟　　　هِيَ لَكَ .

٤١ – لِمَنْ هَذَا الدَّفْتَرُ ؟　　　هُوَ دَفْتَرِي .

٤٢ – لِمَنْ جَوَازُ السَّفَرِ هَذَا ؟　　　ذَلِكَ جَوَازُ سَفَرِي .

翻譯

40. 這咖啡是誰的？　　它是你的。
41. 這是誰的筆記本？　　那是我的筆記本。
42. 這是誰的護照？　　那是我的護照。

字彙

لِمَنْ	誰的	هَذِهِ	這個（陰）
قَهْوَةٌ	咖啡	هِيَ	她，它
لَكَ	你的，給你	دَفْتَرٌ	筆記本
جَوَازُ السَّفَرِ	護照	ذَلِكَ	那個（陽）

練習

لِمَنْ هَذِهِ السَّاعَةُ ؟	هِي سَاعَةُ صَدِيقِي .
لِمَنْ هَذِهِ الدُّلَارَاتُ ؟	هِي لِصَدِيقِي أيْضًا .
لِمَنْ التَّلِيفُونُ ؟	هُوَ تَلِيفُونُكَ .
لِمَنْ هَذَا الْجَوَازُ ؟	هُوَ جَوَازُ سَفَرِي .
لِمَنْ ذَلِكَ الدَّفْتَرُ ؟	هُوَ دَفْتَرُ صَدِيقِي .

第五十七講　昨天 (أَمْسِ (أَلْبَارِحَةَ)

٤٣ - أَيْنَ كُنْتَ أَمْسِ (أَلْبَارِحَةَ) ؟   كُنْتُ فِي الْبَيْتِ أَمْسِ (أَلْبَارِحَةَ) .

٤٤ - إِلَى أَيْنَ ذَهَبْتَ أَمْسِ (أَلْبَارِحَةَ)؟   ذَهَبْتُ إِلَى بَيْتِ صَدِيقِي أَمْسِ .

٤٥ - أَيْنَ تَغَدَّيْتَ أَمْسِ (أَلْبَارِحَةَ) ؟   تَغَدَّيْتُ فِي مَطْعَمِ الْفُنْدُقِ أَمْسِ .

翻譯

43. 昨天你人在哪裡？　　　　昨天我在家裡。
44. 昨天你到哪裡去了？　　　我昨天到朋友家裡。
45. 昨天你在哪裡吃中飯？　　昨天我在旅館餐廳吃中飯。

字彙

你當時	كُنْتَ	昨天	أَلْبَارِحَةَ
你吃過午餐了	تَغَدَّيْتَ	家	بَيْتٌ
餐廳	مَطْعَمٌ	我吃過午餐了	تَغَدَّيْتُ

練習

مَنْ رَجَعَ مَعَكَ إلَى الْبَيْتِ أمْسِ ؟ رَجَعَ صَدِيقِي مَعِي إلَى الْبَيْتِ أمْسِ .

مَنْ كَانَ يَتَكَلَّمُ مَعَكَ فِي الْمَطْعَمِ أمْسِ ؟ صَدِيقِي كَانَ يَتَكَلَّمُ مَعِي فِي الْمَطْعَمِ أمْسِ .

هَلْ تَغَدَّيْتَ الْبَارِحَةَ فِي مَطْعَمِ الشَّرِكَةِ ؟ لاَ ، مَا تَغَدَّيْتُ فِي ذَلِكَ الْمَطْعَمِ .

إلَى أيْنَ ذَهَبْتَ أمْسِ ؟ ذَهَبْتُ أمْسِ إلى بَيْتِ صَدِيقِي .

هَلْ كُنْتَ مَشْغُولاً أمْسِ فِي الشَّرِكَةِ ؟ نَعَمْ ، كُنْتُ مَشْغُولاً جِداً فِي الشَّرِكَةِ .

第五十八講　前天（أوَّلَ أمْسِ (أوَّلَ البَارِحَةِ)）

٤٧ - هَلْ وَصَلْتَ أوَّلَ أمْسِ ؟　　　نَعَمْ ، وَصَلْتُ أوَّلَ أمْسِ .

٤٨ - هَلْ تَعَشَّيْتَ فِي البَيْتِ أوَّلَ أمْسِ ؟　　لا ، تَعَشَّيْتُ فِي المَطْعَمِ أوَّلَ أمْسِ

٤٩ - أيْنَ أفْطَرْتَ أوَّلَ أمْسِ ؟　　مَا أفْطَرْتُ أوَّلَ أمْسِ .

翻譯

47. 你是前天到的嗎？　　　是我，我前天到的。

48. 你前天在家吃晚飯嗎？　　不，我前天在餐廳吃晚餐。

49. 你前天在哪裡吃早餐？　　我前天沒吃早餐。

字彙

你抵達了	وَصَلْتَ	前天	أوَّلَ أمْسِ
我吃過早餐了	أفْطَرْتَ	你吃過晚餐了	تَعَشَّيْتَ
我沒吃早餐	مَا أفْطَرْتُ	我吃過早餐了	أفْطَرْتُ

練習

هَلْ رَجَعْتَ إِلَى تَايْبَيْهَ أَوَّلَ أَمْسِ ؟　　لاَ ، رَجَعْتُ إِلَى تَايْبَيْهَ صَبَاحَ الْيَوْمِ

هَلْ وَصَلْتَ إِلَى الْفُنْدُقِ الْيَوْمَ ؟　　لاَ ، وَصَلْتُ إِلَى الْفُنْدُقِ أَوَّلَ الْبَارِحَةِ

هَلْ تَعَشَّيْتَ أَوَّلَ أَمْسِ فِي هَذَا الْمَطْعَمِ ؟　　نَعَمْ ، تَعَشَّيْتُ أَوَّلَ أَمْسِ فِي هَذَا الْمَطْعَمِ .

هَلْ أَفْطَرْتَ مَعَ صَدِيقِكَ أَوَّلَ الْبَارِحَةِ ؟　　لاَ ، أَفْطَرْتُ مَعَ زَبُونِي أَوَّلَ الْبَارِحَةِ .

هَلْ أَفْطَرْتَ فِي الْبَيْتِ أَوْ فِي الْمَطْعَمِ ؟　　أَفْطَرْتُ فِي الْبَيْتِ .

第五十九講　複習

٣٧ - مَنْ أَنْتَ ؟
أَنَا زَبُونُكَ لِي دا آنْ .

٣٨ - مَنْ يَتَكَلَّمُ ؟
أَنَا لِي دا آنْ أَتَكَلَّمُ .

٣٩ - مَنْ يَعْرِفُ عُنْوَانَ الشَّرِكَةِ ؟
أَلسِّكِرْتِيرَةُ تَعْرِفُهُ .

٤٠ - لِمَنْ هَذِهِ الْقَهْوَةُ ؟
هِيَ لَكَ .

٤١ - لِمَنْ هَذَا الدَّفْتَرُ ؟
هُوَ دَفْتَرِي .

٤٢ - لِمَنْ جَوَازُ السَّفَرِ هَذَا ؟
ذَلِكَ جَوَازُ سَفَرِي .

٤٣ - أَيْنَ كُنْتَ أَمْسِ (أَلْبَارِحَةَ) ؟
كُنْتُ فِي الْبَيْتِ أَمْسِ (أَلْبَارِحَةَ) .

٤٤ - إِلَي أَيْنَ ذَهَبْتَ أَمْسِ (أَلْبَارِحَةَ) ؟
ذَهَبْتُ إِلَى بَيْتِ صَدِيقِي أَمْسِ .

٤٥ - أَيْنَ تَغَدَّيْتَ أَمْسِ (أَلْبَارِحَةَ) ؟
تَغَدَّيْتُ فِي مَطْعَمِ الْفُنْدُقِ أَمْسِ .

٤٧ - هَلْ وَصَلْتَ أَوَّلَ أَمْسِ ؟
نَعَمْ ، وَصَلْتُ أَوَّلَ أَمْسِ .

٤٨ - هَلْ تَعَشَّيْتَ فِي الْبَيْتِ أَوَّلَ أَمْسِ ؟
لا ، تَعَشَّيْتُ فِي الْمَطْعَمِ أَوَّلَ أَمْسِ

٤٩ - أَيْنَ أَفْطَرْتَ أَوَّلَ أَمْسِ ؟
مَا أَفْطَرْتُ أَوَّلَ أَمْسِ .

第六十講　今天 أَلْيَوْمَ

٥٠ - مَا هُوَ التَّارِيخُ الْيَوْمَ ؟　　تَارِيخُ الْيَوْمِ هُوَ أَوَّلُ دِيسَمْبِرَ .

٥١ - مَاذَا تَعْمَلُ الْيَوْمَ ؟　　لاَ أَعْمَلُ شيئًا أَلْيَوْمَ ، أَنَا جَالِسٌ فِي الْ

٥٢ - إِلَى أَيْنَ ذَهَبْتَ الْيَوْمَ ؟　　ذَهَبْتُ الْيَوْمَ إِلى الْمَصْنَعِ .

翻譯

50. 今天是幾月幾日？	今天是十二月一日。
51. 你今天要做什麼？	我今天什麼都不做，呆在家裡。
52. 你今天到哪裡去了？	我今天到工廠去了。

字彙

日期，歷史	تَارِيخٌ	今天	أَلْيَوْمَ
你工作	تَعْمَلُ	十二月	دِيسَمْبِرُ
工廠	مَصْنَعٌ	坐著，待在	جَالِسٌ

練習

أَيْنَ تَغَدَّيْتَ الْيَوْمَ ؟	تَغَدَّيْتُ الْيَوْمَ فِي مَطْعَمِ الْفُنْدُقِ .
مَا هُوَ التَّارِيخُ الْيَوْمَ ؟	أَلْيَوْمُ هُوَ أَوَّلُ دِيسَمْبِرَ .
هَلْ أَنْتَ جَالِسٌ فِي الْبَيْتَ الْيَوْمَ ؟	لاَ ، ذَهَبْتُ إِلَى الْمَصْنَعِ الْيَوْمَ .
مَعَ مَنْ أَفْطَرْتَ فِي الْفُنْدُقِ الْيَوْمَ ؟	أَفْطَرْتُ مَعَ زَبُونِي فِي الْفُنْدُقِ الْيَوْمَ .
مَاذَا تَعْمَلُ الْيَوْمَ ؟	سَأَزُورُ صَدِيقِي فِي الْفُنْدُقِ الْيَوْمَ .

第六十一講　明天 غَداً (بُكْرَةَ)

٥٣ - أَيْنَ سَتَكُونُ غَداً (بُكْرَةَ) ؟　　سَأَكُونُ فِي الْبَيْتِ غَداً (بُكْرَة

٥٤ - إِلَى أَيْنَ تَذْهَبُ غَداً (بُكْرَةَ) ؟　　أَذْهَبُ إِلَى بَيْتِ صَدِيقِي غَداً .

٥٥ - أَيْنَ تَتَغَدَّى غَداً (بُكْرَةَ) ؟　　أَتَغَدَّى فِي مَطْعَمِ الْفُنْدُقِ غَداً

翻譯

53. 明天你會在哪裡？　　明天我會在家裡。
54. 明天你要到哪裡？　　我明天要到朋友家。
55. 明天你在哪裡吃中飯？　　明天我在旅館餐廳吃中飯。

字彙

明天	بُكْرَةً	明天	غَداً
我將在	سَأَكُونُ	你將在	سَتَكُونُ
我吃午餐	أَتَغَدَّى	你吃午餐	تَتَغَدَّى

練習

هَلْ سَيُسَافِرُ صَدِيقُكَ غَدَا ؟	لاَ ، سَيُسَافِرُ صَدِيقِي مَسَاءَ الْيَوْمِ .
فِي أيِّ مَطْعَمٍ سَتَتَغَدَّى غَداً ؟	سَأَتَغَدَّى غَداً فِي مَطْعَمِ الشَّرِكَةِ .
هَلْ سَتَكُونُ فِي الْفُنْدُقِ بُكْرَةً ؟	لاَ ، بُكْرَة سَأسَافِرُ فِي الصَّبَاحِ .
مَنْ سَيَبْقَى فِي الْفُنْدُقِ بُكْرَةً ؟	صَدِيقِي سَيَبْقَى فِي الْفُنْدُقِ بُكْرَةً .
أيْنَ نَتَعَشَّى غَداً ؟	نَتَعَشَّى فِي مَطْعَمٍ جَدِيدٍ .

第六十二講　後天（بَعْدَ غَدٍ (بَعْدَ بُكْرَة

٥٦ - مَتَى سَتُسَافِرُ ؟　　سَأُسَافِرُ بَعْدَ غَدٍ (بَعْدَ بُكْرَةَ) .

٥٧ - مَتَى سَتَصِلُ الْعَيِّنَاتُ ؟　　أَلْعَيِّنَاتُ سَتَصِلُ بَعْدَ غَدٍ (بَعْدَ بُكْرَة)

٥٨ - هَلْ سَتَشْحَنُ الْبَضَائِعَ بَعْدَ غَدٍ ؟　　نَعَمْ ، سَأَشْحَنُهَا بَعْدَ غَدٍ ، إِنْ شَاءَ اللّٰهُ

翻譯

56. 你什麼時候啟程？　　我後天走。
57. 樣品什麼時候會到？　　樣品後天會到。
58. 後天能出貨嗎？　　是的，後天能出貨。

字彙

بَعْدَ	在……時間之後	بَعْدَ غَدٍ	後天
بَعْدَ بُكْرَةٍ	後天	سَتَصِلُ	將抵達
عَيِّنَةٌ ج عَيِّنَاتٌ	樣品	تَشْحَنُ	裝船
بَضَاعَةٌ ج بَضَائِعُ	貨物	بَعْدَ غَدٍ	後天

練習

هَلْ سَتُسَافِرُ بَعْدَ غَدٍ ؟ لا ، سَأسَافِرُ يَوْمَ السَّبْتِ .

مَا هُوَ التَّارِيخُ بَعْدَ بُكْرَةٍ ؟ بَعْدَ بُكْرَةٍ هُوَ أوَّلُ دِيسَمْبِرَ .

مَتَى سَتَشْحَنُ الْبَضَائِعَ ؟ سَأشْحَنُهَا بَعْدَ غَدٍ ، إنْ شَاءَ اللَّهِ .

مَتَى سَتَصِلُ هَذِهِ الْبَضَائِعُ ؟ إنْ شَاءَ اللَّهُ تَصِلُ فِي أوَّلِ دِيسَمْبِرَ .

هَلْ تَرِيدُ أنْ تُشَاهِدُ الْعَيِّنَاتِ الْيَوْمَ ؟ لاَ ، سَأشَاهِدُهَا بَعْدَ بُكْرَةٍ إنْ شَاءَ اللَّهُ .

第六十三講　早上 صَبَاحًا (فِي الصَّبَاحِ)

٥٩ - أَيْنَ كُنْتَ صَبَاحَ اليَوْمِ ؟　　　كُنْتُ فِي غُرْفَةِ صَدِيقِي .

٦٠ - إِلَى أَيْنَ تُرِيدُ أَنْ تَذْهَبَ صَبَاحَ غَدٍ ؟　　　أُرِيدُ أَنْ أَتَفَرَّجَ عَلَى المَعْرِضِ التِّجَارِيِّ .

٦١ - أَ لاَ تُفْطِرُ فِي الصَّبَاحِ ؟　　　بَلَى ، أُفْطِرُ فِي الصَّبَاحِ كُلَّ يَوْمٍ .

翻譯

59. 今天早上你人在哪裡？　　今天早上我在朋友房間。

60. 明天早上你要去哪裡？　　明天早上我要去看商展。

61. 你早上不吃早餐嗎？　　不，我每天早上都吃早餐。

字彙

早上	فِي الصَّبَاحِ	早上	صَبَاحًا
你(她)要	تُرِيدُ	房間	غُرْفَةٌ ج غُرَفٌ
展覽	مَعْرِضٌ ج مَعَارِضُ	我看，觀賞	أَتَفَرَّجُ
後天	بَعْدَ غَدٍ	怎麼不	بَلَى

練習

إِلَى أَيْنَ تُرِيدُ أَنْ تَذْهَبَ فِي الصَّبَاحِ ؟ أُرِيدُ أَنْ أَذْهَبَ إِلَى الشَّرِكَةِ فِي الصَّبَاحِ .

أَلاَ تَذْهَبُ إِلَى الْمَعْرَضِ صَبَاحَ الْيَوْمِ ؟ بَلَى ، سَأَذْهَبُ إِلَى الْمَعْرَضِ صَبَاحَ الْيَوْمِ .

أَلاَ تُفْطِرُ فِي مَطْعَمِ الْفُنْدُقِ صَبَاحَ بُكْرَةٍ ؟ نَعَمْ ، لاَ أُفْطِرُ فِي مَطْعَمِ الْفُنْدُقِ صَبَاحَ بُكْرَةٍ .

هَلْ سَتَشْحَنُ الْبَضَائِعَ صَبَاحَ غَدٍ ؟ لاَ ، سَأَشْحَنُهَا صَبَاحَ بَعْدِ غَدٍ .

أَلاَ تِرِيدُ أَنْ تَتَفَرَّجَ عَلَى الْعَيِّنَاتِ صَبَاحَ الْيَوْمِ ؟ بَلَى ، أُرِيدُ أَنْ أَتَفَرَّجَ عَلَيْهَا صَبَاحَ الْيَوْمِ .

第六十四講　複習

٥٠ - مَا هُوَ التَّارِيخُ الْيَوْمَ ؟ تَارِيخُ الْيَوْمِ هُوَ أَوَّلُ دِيسَمْبِرَ .

٥١ - مَاذَا تَعْمَلُ الْيَوْمَ ؟ لاَ أَعْمَلُ شيئًا ألْيَوْمَ ، أنَا جَالِسٌ فِي الْبَيْتِ .

٥٢ - إلى أيْنَ ذَهَبْتَ الْيَوْمَ ؟ ذَهَبْتُ الْيَوْمَ إلى الْمَصْنَعِ .

٥٣ - أيْنَ سَتَكُونُ غَداً (بُكْرَة) ؟ سَأكُونُ فِي الْبَيْتِ غَداً (بُكْرَة) .

٥٤ - إلي أيْنَ تَذْهَبُ (بُكْرَة) ؟ أذْهَبُ إلى بَيْتِ صَدِيقِي غَداً .

٥٥ - أيْنَ تَتَغَدَّى (بُكْرَة) ؟ أتَغَدَّى فِي مَطْعَمِ الْفُنْدُقِ غَداً .

٥٦ - مَتَى سَتُسَافِرُ ؟ سَأُسَافِرُ بَعْدَ غَدٍ (بَعْدَ بُكْرَة) .

٥٧ - مَتَى سَتَصِلُ الْعَيِّنَاتُ ؟ ألْعَيِّنَاتُ سَتَصِلُ بَعْدَ غَدٍ (بَعْدَ بُكْرَة) .

٥٨ - هَلْ سَتَشْحَنُ الْبَضَائِعَ بَعْدَ غَدٍ ؟ نَعَمْ ، سَأشْحَنُهَا بَعْدَ غَدٍ ، إنْ شَاءَ اللّٰهُ .

٥٩ - أيْنَ كُنْتَ صَبَاحَ الْيَوْمِ ؟ كُنْتُ فِي غُرْفَةِ صَدِيقِي .

٦٠ - إلى أيْنَ تُرِيدُ أنْ تَذْهَبَ صَبَاحَ غَدٍ ؟ أرِيدُ أنْ أتَفَرَّجَ عَلَى الْمَعْرِضِ التِّجَارِيِّ

٦١ - أ لاَ تُفْطِرُ فِي الصَّبَاحِ ؟ بَلَى ، أفْطِرُ فِي الصَّبَاحِ كُلَّ يَوْمٍ .

第六十五講　下午 بَعْدَ الظُّهْرِ

٦٢ – إلى أيْنَ أنْتِ ذَاهِبَةٌ بَعْدَ الظُّهْرِ ؟　أنَا ذَاهِبَةٌ إلى الشَّرِكَةِ بَعْدَ الظُّهْرِ .

٦٣ – هَلْ عِنْدَكِ دَوَامٌ بَعْدَ ظُهْرِ الْيَوْمِ ؟　نَعَمْ ، عِنْدِي دَوَامٌ بَعْدَ ظُهْرِ الْيَوْمِ .

٦٤ – مَاذَا تَعْمَلِينَ بَعْدَ الظُّهْرِ ؟　سَأذْهَبُ مَعَ الزَّبَائِنِ إلَى الْمَصْنَعِ .

翻譯

62. 妳下午要去哪裡？　我下午要到公司去。
63. 妳下午要上班嗎？　是的，我下午要上班。
64. 妳下午做什麼？　我下午要和客戶去工廠。

字彙

妳	أنْتِ	下午	بَعْدَ الظُّهْرِ
你有，在你那裡	عِنْدَكِ	去（陰）	ذَاهِبَةٌ
妳做	تَعْمَلِينَ	上班，工作	دَوَامٌ

練習

إِلَى أَيْنَ أَنْتَ ذَاهِبٌ بَعْدَ الظُّهْرِ ؟	أنا ذَاهِبٌ بَعْدَ الظُّهْرِ إِلَى الدَّوَامِ .
مَاذَا تَعْمَلِينَ بَعْدَ ظُهْرِ الْيَوْمِ ؟	لاَ أَعْمَلُ شَيْئًا ، أَنَا جَالِسَةٌ فِي الْبَيْتِ بَعْدَ ظُهْرِ الْيَوْمِ
هَلْ سَتَذْهَبِينَ إِلَى الْمَصْنَعِ بَعْدَ الظُّهْرِ ؟	لاَ ، سَأَشْحَنُ الْبَضَائِع بَعْدَ الظُّهْرِ .
هَلْ عِنْدَكِ دَوَامٌ بَعْدَ ظُهْرِ غَدٍ ؟	لاَ ، مَا عِنْدَى دَوَامٌ بَعْدَ ظُهْرِ غَدٍ .
هَلْ أَنْتَ تَشْتَغِلِينَ فِي شَرِكَةٍ تِجَارِيَةٍ ؟	لا ، أَشْتَغِلُ فِي الْمَصْنَعِ .

第六十六講　晚上（فِي الْمَسَاءِ) مَسَاءً

٦٥ - هَلْ سَتَصِلُ فِي الْمَسَاءِ ؟ لاَ ، سَأَصِلُ فِي الظُّهْرِ .

٦٦ - هَلْ تَزُورُنَا فِي الْبَيْتِ مَسَاءَ الْيَوْمِ ؟ لاَ ، سَأَزُورُكُمْ مَسَاءَ غَدٍ .

٦٧ - هَلْ زُرْتَنِي فِي الْبَيْتِ مَسَاءَ أَمْسِ ؟ لاَ ، زُرْتُكَ مَسَاءَ أَوَّلِ أَمْسِ .

翻譯

65. 你晚上抵達嗎？　　　　　　　　　不，我中午到。
66. 你今天晚上來我們家玩嗎？　　　　不，我明天才去拜訪你們。
67. 你是昨天晚上到我們家玩的嗎？　　不，我是在前天晚上拜訪你的。

字彙

| 晚上 | فِي الْمَسَاءِ | 晚上 | مَسَاءً |
| 我拜訪了 | زُرْتُ | 你（她）將抵達 | سَتَصِلُ |

練習

هَلْ سَيَصِلُ زَبُونُكَ فِي الْمَسَاءِ ؟	لا ، زَبُونِي سَيَصِلُ فِي الصَّبَاحِ .
ألاَ تَزُورُنِي فِي الْبَيْتِ مَسَاءَ الْيَوْمِ ؟	نَعَمْ ، لاَ أزُورُكَ مَسَاءَ الْيَوْمِ ، أنَا مَشْغُولٌ .
مَنْ زَارَكَ فِي الْبَيْتِ مَسَاءَ أمْسِ ؟	صَدِيقِي زَارَنِي فِي الْبَيْتِ مَسَاءَ أمْسِ
إلَى أيْنَ تَذْهَبُ مَسَاءَ غَدٍ ؟	سَأذْهَبُ إلَى السِّينَمَا مَسَاءَ غَدٍ .
مَعَ مَنْ سَتَذْهَبُ إلَى السِّينَمَا مَسَاءَ غَدٍ ؟	سَأذْهَبُ إلَى السِّينَمَا مَعَ صَدِيقِي مَسَاءَ غَدٍ .

第六十七講　上星期 فِي الأُسْبُوعِ الْمَاضِي
上個月 فِي الشَّهْرِ الْمَاضِي
去年 فِي السَّنَةِ الْمَاضِيَةِ

٦٨ - هَلْ تَكَلَّمْتَنِي بِالتِّلِيفُونِ فِي الأُسْبُوعِ الْمَاضِي ؟　　لاَ ، ما تَكَلَّمْتُكَ فِي الأُسْبُوعِ الْمَاضِي .

٦٩ - هَلْ رَجَعْتَ مِنَ الشَّرْقِ الأَوْسَطِ فِي الشَّهْرِ الْمَاضِي ؟　　لاَ ، رَجَعْتُ مِنْهَا فِي السَّنَةِ الْمَاضِيَةِ .

٧٠ - مَتَى أَرْسَلْتَ لِي الْفَاكْس ؟　　أَرْسَلْتُهُ لَكَ فِي الأُسْبُوعِ الْمَاضِي .

翻譯

67. 你上星期有打電話給我嗎？	不，我上個禮拜沒有打電話給你。
68. 你上個月從中東回來的嗎？	不，我是去年回來的。
69. 你什麼電傳給我的？	我上星期電傳給你的。

字彙

你跟我說了	تَكَلَّمْتَنِي	你說了	تَكَلَّمْتَ
上星期	أَلأُسْبُوعُ الْمَاضِي	電話	تَلِيفُونٌ
上個月	أَلشَّهْرُ الْمَاضِي	月份	شَهْرٌ ج أَشْهُرٌ
年	سَنَةٌ ج سَنَوَاتٌ	中東	أَلشَّرْقُ الأَوْسَطُ
你寄了	أَرْسَلْتَ	去年	أَلسَّنَةُ الْمَاضِيَةُ
		電傳	فَاكْسٌ

練習

إِلَى أَيْنَ سَافَرْتَ فِي الأَسْبُوعِ الْمَاضِي ؟

سَافَرْتُ إِلَى الشَّرْقِ الأَوْسَطِ فِي الأَسْبُوعِ المَاضِي .

هَلْ تَكَلَّمْتَنِي بِالتَلِيفُونِ فَى الشَّهْرِ الْمَاضِي ؟

نَعَمْ ، وَلَكِنْ لَمْ أَجِدْكَ فِي الشَّرِكَةِ .

لِمَاذَا مَا أَرْسَلْتَ لِي الْفَاكْسَ فِي الأَسْبُوعِ الْمَاضِي ؟

لأَنَّنِي كُنْتُ فِي الْمَصْنَعِ ، ومَا كُنْتُ فِي الشَّرِكَةِ .

أَيْنَ تَفَرَّجْتَ عَلَى الْمَعْرَضِ التِّجَارِيِّ فِي السَّنَةِ الْمَاضِيَةِ ؟

تَفَرَّجْتُ عَلَيْهِ فِي تَابِيْهَ فِي السَّنَةِ الْمَاضِيَةِ .

هَلْ أَرْسَلْتَ لِي الْعَيِّنَاتِ فِي الشَّهْرِ الْمَاضِي ؟

نَعَمْ ، أَرْسَلْتُهَا لَكَ فِي الشَّهْرِ الْمَاضِي .

第六十八講　這個星期 هَذَا الأُسْبُوعَ

這個月 هَذَا الشَّهْرَ

今年 هَذِهِ السَّنَةَ

٧١ - هَلْ سَتُسَافِرُ هَذَا الأُسْبُوعَ ؟　　نَعَمْ ، سَأُسَافِرُ هَذَا الأُسْبُوعَ .

٧٢ - أَيْنَ كُنْتَ فِي بِدَايَةِ هَذَا الشَّهْرِ ؟　　كُنْتُ فِي الشَّرْقِ الأَوْسَطِ فِي بِدَايَةِ هَذَا الشَّهْرِ .

٧٣ - كَمْ مَرَّةً زُرْتَ تَايْوَانَ هَذِهِ السَّنَةَ ؟　　زُرْتُ تَايْوَانَ مَرَّةً وَاحِدَةً فَقَطْ هَذِهِ السَّنَةَ .

翻譯

71. 你這個星期啟程嗎？　　是的，我這個禮拜走。
72. 這個月初你人在哪裡？　　這個月初我人在中東。
73. 今年你到過台灣幾次？　　今年我只到過台灣一次。

字彙

這個星期	هَذَا الأُسْبُوعَ	星期	أُسْبُوعٌ ج أَسَابِيعُ
今年	هَذِهِ السَّنَةَ	這個月	هَذَا الشَّهْرَ
次數	مَرَّةٌ ج مَرَّاتٌ	開始，初	بِدَايَةٌ
只，僅僅	فَقَطْ	一次	مَرَّةٌ وَاحِدَةٌ

練習

هَلْ عِنْدَكَ دَوَامٌ هَذَا الأُسْبُوعَ ؟ نَعَمْ ، عِنْدِي دَوَامٌ هَذَا الأُسْبُوعَ وَسَأَكُونُ مَشْغُولاً .

هَلْ كُنْتَ فِي الشَّرْقِ الأَوْسَطِ فِي بِدَايَةِ هَذَا الشَّهْرِ ؟ لاَ ، كُنْتُ فِي تَايْبَيْهَ فِي بِدَايَةِ هَذَا الشَّهْرِ

كَمْ مَرَّةً زُرْتَ تَايْبَيْهَ هَذِهِ السَّنَةَ ؟ زُرْتُ تَايْبَيْهَ مَرَّةً وَاحِدَةً فَقَطْ هَذِهِ السَّنَةَ .

أَلاَ تُسَافِرُ إِلَى الشَّرْقِ الأَوْسَطِ هَذِهِ السَّنَةَ ؟ بَلَى ، سَأَزُورُ زَبَائِنِي هُنَاكَ هَذِهِ السَّنَةَ .

كَمْ زَبُونًا زَارَكَ مِنَ الشَّرْقِ الأَوْسَطِ هَذِهِ السَّنَةَ ؟ زَارَنِي زَبُونٌ وَاحِدٌ فَقَطْ مِنَ الشَّرْقِ الأَوْسَطِ .

第六十九講　複習

٦٢ - إلى أيْنَ أنْتِ ذَاهِبَةٌ بَعْدَ الظُّهْرِ ؟ أنَا ذَاهِبَةٌ إلى الشَّرِكَةِ بَعْدَ الظُّهْرِ .

٦٣ - هَلْ عِنْدَكِ دَوَامٌ بَعْدَ ظُهْرِ الْيَوْمِ ؟ نَعَمْ ، عِنْدِي دَوَامٌ بَعْدَ ظُهْرِ الْيَوْمِ .

٦٤ - مَاذَا تَعْمَلِينَ بَعْدَ الظُّهْرِ ؟ سَأذْهَبُ مَعَ الزَّبَائِنِ إلى الْمَصْنَعِ .

٦٥ - هَلْ سَتَصِلُ فِي الْمَسَاءِ ؟ لاَ ، سَأَصِلُ فِي الظُّهْرِ .

٦٦ - هَلْ تَزُورُنَا فِي الْبَيْتِ مَسَاءَ الْيَوْمِ ؟ لاَ ، سَأَزُورُكُمْ مَسَاءَ غَدٍ .

٦٧ - هَلْ زُرْتَنِي فِي الْبَيْتِ مَسَاءَ أمْسِ ؟ لاَ ، زُرْتُكَ مَسَاءَ أوّلِ أمْسِ .

٦٨ - هَلْ تَكَلَّمْتَنِي بِالتِّلِيفُونِ فِي الأسْبُوعِ الْمَاضِي ؟ لاَ ، مَا تَكَلَّمْتُكَ فِي الأسْبُوعِ الْمَاضِي

٦٩ - هَلْ رَجَعْتَ مِنَ الشَّرْقِ الأوْسَطِ فِي الشَّهْرِ الْمَاضِي ؟ لاَ رَجَعْتُ مِنْهَا فِي السَّنَةِ الْمَاضِيَةِ .

٧٠ - مَتَى أرْسَلْتَ لِي الْفَاكْس ؟ أرْسَلْتُهُ لَكَ فِي الأسْبُوعِ الْمَاضِي .

٧١ - هَلْ سَتُسَافِرُ هَذَا الأسْبُوعَ ؟ نَعَمْ ، سَأُسَافِرُ هَذَا الأسْبُوعَ .

٧٢ - أيْنَ كُنْتَ فِي بِدَايَةِ هَذَا الشَّهْرِ ؟ كُنْتُ فِي الشَّرْقِ الأوْسَطِ فِي بِدَايَةِ هَذَا الشَّهْرِ .

٧٣ - كَمْ مَرَّةً زُرْتَ تَايْوَانَ هَذِهِ السَّنَةَ ؟ زُرْتُ تَايْوَانَ مَرَّةً وَاحِدَةً فَقَطْ هَذِهِ السَّنَةَ .

第七十講　下個星期　فِي الأَسْبُوعِ الْقَادِمِ

下個月　فِي الشَّهْرِ الْقَادِمِ

明年　فِي السَّنَةِ الْقَادِمَةِ

٧٤ - هَلْ سَتَشْحَنُ هَذِهِ الْبَضَائِعَ فِي الأُسْبُوعِ الْقَادِمِ ؟

لاَ ، سَأَشْحَنُ هَذِهِ الْبَضَائِعَ فِي الأُسْبُوعِ بَعْدَ الْقَادِمِ

٧٥ - مَتَى سَتَصِلُ إِلَيَّ هَذِهِ الْبَضَائِعُ ؟

سَتَصِلُ إِلَيْكَ فِي الشَّهْرِ الْقَادِمِ .

٧٦ - مَتَى سَتُرْسِلُ لَنَا عَيِّنَاتٍ جَدِيدَةً ؟

سَأُرْسِلُهَا لَكُمْ فِي السَّنَةِ الْقَادِمَةِ إِنْ شَاءَ اللَّهُ .

翻譯

74. 你是不是下個星期要出貨？	不，我下下個星期才出貨。
75. 這些貨什麼時候會到？	下個月就會到。
76. 你什麼時候會寄新樣品來？	希望明年寄給你們。

字彙

下個星期	فِي الأُسْبُوعِ الْقَادِمِ	來者，下一個	قَادِمٌ
下個月	فِي الشَّهْرِ الْقَادِمِ	下下星期	الأُسْبُوعُ بَعْدَ الْقَادِمِ
將到我這邊	سَتَصِلُ إِلَيَّ	明年	فِي السَّنَةِ الْقَادِمَةِ
新的（陰）	جَدِيدَةٌ	將到你那邊	سَتَصِلُ إِلَيْكَ

練習

هَلْ سَتَصِلُ إِلَيْنَا الْعَيِّنَاتُ فِي الأُسْبُوعِ الْقَادِمِ ؟ لاَ ، إِنَّ الْعَيِّنَاتِ سَتَصِلُ إِلَيْكُمْ فِي الأُسْبُوعِ بَعْدَ الْقَادِمِ .

مَتَى سَتَشْحَنُ الْبَضَائِعَ إِلَيَّ ؟ سَأَشْحَنُهَا فِي الشَّهْرِ بَعْدَ الْقَادِمِ إِنْ شَاءَ اللَّهُ .

لِمَاذَا لاَ تُرْسِلُ إِلَيَّ الْعَيِّنَاتِ فِي الشَّهْرِ الْقَادِمِ ؟ لأَنَّنِي سَأُسَافِرُ إِلَى الشَّرْقِ الأَوْسَطِ فِي الشَّهْرِ الْقَادِمِ .

مَتَى سَتَرْجِعُ مِنَ الشَّرْقِ الأَوْسَطِ ؟ سَأَرْجِعُ فِي الشَّهْرِ بَعْدَ الْقَادِمِ إِنْ شَاءَ اللَّهُ .

هَلْ سَتَزُورُنَا فِي تَايْبِيهَ فِي السَّنَةِ الْقَادِمَةِ ؟ نَعَمْ ، سَأَزُورُكَ إِنْ شَاءَ اللَّهُ فِي السَّنَةِ الْقَادِمَةِ .

第七十一講 兩天

兩天	يَوْمٌ وَاحِدٌ
一天	يَوْمَانِ اثْنَانِ
兩年	سَنَةٌ وَاحِدَةٌ
一年	سَنَتَانِ اثْنَتَانِ

٧٧ - كَمْ يَوْمًا سَتَجْلِسُ فِي تَايْبَيْهَ ؟ سَأَجْلِسُ فِي تَايْبَيْهَ يَوْمَيْنِ اثْنَيْنِ .

٧٨ - كَمْ أُسْبُوعًا بَقِيتَ فِي الشَّرْقِ الأَوْسَطِ ؟ بَقِيتُ فِيهَا أُسْبُوعَيْنِ اثْنَيْنِ .

٧٩ - كَمْ سَنَةً اِشْتَغَلْتَ فِي التِّجَارَةِ ؟ اِشْتَغَلْتُ فِي التِّجَارَةِ سَنَتَيْنِ اثْنَتَيْنِ

翻譯

77. 你要在台北待幾天？ 我將在台北停留兩天。
78. 你在中東待了幾個禮拜？ 我在那裡待了兩個禮拜。
79. 你做生意幾年了？ 我做生意兩年了。

字彙

يَوْمٌ ج أَيَّامٌ	日子，天	يَوْمَانِ	兩天
اِثْنَانِ	二（陽）	سَنَتَانِ	兩年
اِثْنَتَانِ	二（陰）	تَجْلِسُ	你（她）坐、待
بَقِيتَ	你待，你停留	أُسْبُوعَانِ	兩星期
اِشْتَغَلْتَ	你做了		

練習

كَمْ يَوْمًا سَتَبْقَى فِي تَايْبَيْهَ ؟

سَأَبْقَى فِي تَايْبَيْهَ يَوْمَيْنِ .

كَمْ يَوْمًا بَقِيتَ فِي تَايْبَيْهَ ؟

بَقِيتُ فِي تَايْبَيْهَ يَوْمَيْنِ فَقَطْ .

كَمْ سَنَةً اَشْتَغَلْتَ فِي هَذِهِ الشَّرِكَةِ ؟

اِشْتَغَلْتُ فِي هَذِهِ الشَّرِكَةِ سَنَتَيْنِ .

هَلْ سَتَشْحَنُ الْبَضَائِعَ بَعْدَ أُسْبُوعٍ ؟

لا ، سَأَشْحَنُهَا بَعْدَ أُسْبُوعَيْنِ .

第七十二講　三天，三年

٨٠ - ثَلاَثَةُ أَيَّامٍ 三天	ثَلاَثُ سَنَوَاتٍ 三年
٨١ - أَرْبَعَةُ أَيَّامٍ 四天	أَرْبَعُ سَنَوَاتٍ 四年
٨٢ - خَمْسَةُ أَيَّامٍ 五天	خَمْسُ سَنَوَاتٍ 五年
٨٣ - سِتَّةُ أَيَّامٍ 六天	سِتُ سَنَوَاتٍ 六年
٨٤ - سَبْعَةُ أَيَّامٍ 七天	سَبْعُ سَنَوَاتٍ 七年
٨٥ - ثَمَانِيَةُ أَيَّامٍ 八天	ثَمَانِي سَنَوَاتٍ 八年
٨٦ - تِسْعَةُ أَيَّامٍ 九天	تِسْعُ سَنَوَاتٍ 九年
٨٧ - عَشْرَةُ أَيَّامٍ 十天	عَشْرُ سَنَوَاتٍ 十年

練習

هَلْ جَلَسْتَ فِي تَايْبَيْهْ ثَلاَثَةَ أَيَّامٍ ؟	لا ، جَلَسْتُ فِيهَا أَرْبَعَةَ أَيَّامٍ .
كَمْ يَوْمًا صَارَ لَكَ فِي تَايْبَيْهْ ؟	صَارَ لِي خَمْسَةُ أَيَّامٍ فِي تَايْبَيْهْ .
قَبْلَ كَمْ سَنَةً زُرْتَ الشَّرْقَ الأَوْسَطَ ؟	زُرْتُ الشَّرْقَ الأَوْسَطَ قَبْلَ ثَلاَثِ سَنَوَاتٍ
كَمْ سَنَةً اشْتَغَلْتَ فِي التِّجَارَةِ ؟	اِشْتَغَلْتُ فِي التِّجَارَةِ عَشَرَ سَنَوَاتٍ .
كَمْ يَوْمًا فِي الأُسْبُوعِ ؟	فِي الأُسْبُوعِ سَبْعَةُ أَيَّامٍ .
كَمْ يَوْمًا فِي الأُسْبُوعِ عِنْدَكَ دَوَامٌ ؟	عِنْدِي دَوَامٌ سِتَّةُ أَيَّامٍ فِي الأُسْبُوعِ .
كَمْ عُمْرُ اِبْنِكَ ؟	عُمْرُهُ تِسْعُ سَنَوَاتٍ .
كَمْ عُمْرُ ابْنَتِكَ ؟	عُمْرُهَا سَبْعُ سَنَوَاتٍ .

第七十三講　十一元，十一年

٨٨ - أحْدَ عَشَرَ دولاراً	十一元	إحْدَى عَشْرَةَ سَنَةً	十一年
٨٩ - اِثْنَا عَشَرَ دولاراً	十二元	اِثْنَتَا عَشْرَةَ سَنَةً	十二年
٩٠ - ثَلاَثَةَ عَشَرَ دولاراً	十三元	ثَلاَثَ عَشْرَةَ سَنَةً	十三年
٩١ - أَرْبَعَةَ عَشَرَ دولاراً	十四元	أَرْبَعَ عَشْرَةَ سَنَةً	十四年
٩٢ - خَمْسَةَ عَشَرَ دولاراً	十五元	خَمْسَ عَشْرَةَ سَنَةً	十五年
٩٣ - سِتَّةَ عَشَرَ دولاراً	十六元	سِتَّ عَشْرَةَ سَنَةً	十六年
٩٤ - سَبْعَةَ عَشَرَ دولاراً	十七元	سَبْعَ عَشْرَةَ سَنَةً	十七年
١٠٠ - ثَمَانِيَةَ عَشَرَ دولاراً	十八元	ثَمَانِيَ عَشْرَةَ سَنَةً	十八年
١٠١ - تِسْعَةَ عَشَرَ دولاراً	十九元	تِسْعَ عَشْرَةَ سَنَةً	十九年

練習

بِكَمْ تَبِيعُ هَذَا فِي الدَّزِينَةِ ؟

هَذَا بِأحَدَ عَشَرَ دُولاَراً فِي الدَّزِينَةِ .

هَذَا بِأحَدَ عَشَرَ دُولاَرٍ أيْضًا ؟

لاَ ، هذَا بِاثْنَيْ عَشَرَ دُولاَراً فِي الدَّزِينَةِ

بِكَمْ هَذَا الدَّفْتَرُ ؟

هُوَ بِثَلاَثَةَ عَشَرَ دُولاَراً تَايْوَانِيًا جَدِيداً .

كَمْ سَنَةً اشْتَغَلْتِ فِي هَذِهِ الشَّرِكَةِ ؟

اشْتَغَلْتُ فِيهَا إحْدَى عَشْرَةَ سَنَةً .

كَمْ سَنَةً سَتَشْتَغِلِينَ فِي الشَّرِكَةِ ؟

سَأشْتَغِلُ فِيهَا اثْنَتَيْ عَشْرَةَ سَنَةً أخْرَى

كَمْ عُمْرُكَ ؟

عُمْرِي تِسْعَ عَشْرَةَ سَنَةً .

كَمْ عُمْرُ صَدِيقِكَ ؟

عُمْرُهَا ثَمَانِيَ عَشْرَةَ سَنَةً فَقَطْ .

第七十四講　複習

٧٤ - هَلْ سَتَشْحَنُ هَذِهِ الْبَضَائِعَ فِي الأُسْبُوعِ الْقَادِمِ ؟ لاَ ، سَأَشْحَنُ هَذِهِ الْبَضَائِعَ فِي الأُسْبُوعِ بَعْدَ الْقَادِمِ

٧٥ - مَتَى سَتَصِلُ إِلَيَّ هَذِهِ الْبَضَائِعُ ؟　سَتَصِلُ إِلَيْكَ فِي الشَّهْرِ الْقَادِمِ .

٧٦ - مَتَى سَتُرْسِلُ لَنَا عَيِّنَاتٍ جَدِيدَةً ؟　سَأُرْسِلُهَا لَكُمْ فِي السَّنَةِ الْقَادِمَةِ إِنْ شَاءَ اللَّهُ .

٧٧ - كَمْ يَوْمًا سَتَجْلِسُ فِي تَايْبَيْه ؟　سَأَجْلِسُ فِي تَايْبَيْه يَوْمَيْنِ اثْنَيْنِ .

٧٨ - كَمْ أُسْبُوعًا بَقِيتَ فِي الشَّرْقِ الأَوْسَطِ ؟　بَقِيتُ فِيهَا أُسْبُوعَيْنِ اثْنَيْنِ .

٧٩ - كَمْ سَنَةً اِشْتَغَلْتَ فِي التِّجَارَةِ ؟　اِشْتَغَلْتُ فِي التِّجَارَةِ سَنَتَيْنِ اثْنَتَيْنِ

٨٠ - ثَلاَثَةُ أَيَّامٍ	三天	ثَلاَثُ سَنَوَاتٍ	三年
٨١ - أَرْبَعَةُ أَيَّامٍ	四天	أَرْبَعُ سَنَوَاتٍ	四年
٨٢ - خَمْسَةُ أَيَّامٍ	五天	خَمْسُ سَنَوَاتٍ	五年
٨٣ - سِتَّةُ أَيَّامٍ	六天	سِتُّ سَنَوَاتٍ	六年
٨٤ - سَبْعَةُ أَيَّامٍ	七天	سَبْعُ سَنَوَاتٍ	七年
٨٥ - ثَمَانِيَةُ أَيَّامٍ	八天	ثَمَانِي سَنَوَاتٍ	八年
٨٦ - تِسْعَةُ أَيَّامٍ	九天	تِسْعُ سَنَوَاتٍ	九年
٨٧ - عَشَرَةُ أَيَّامٍ	十天	عَشْرُ سَنَوَاتٍ	十年
٨٨ - أَحَدَ عَشَرَ يَوْمًا	十一天	إِحْدَى عَشْرَةَ سَنَةً	十一年

٨٩ - اِثْنَا عَشَرَ يَوْمًا	十二天	اِثْنَتَا عَشْرَةَ سَنَةً	十二年
٩٠ - ثَلاَثَةَ عَشَرَ يَوْمًا	十三天	ثَلاَثَ عَشْرَةَ سَنَةً	十三年
٩١ - أَرْبَعَةَ عَشَرَ يَوْمًا	十四天	أَرْبَعَ عَشْرَةَ سَنَةً	十四年
٩٢ - خَمْسَةَ عَشَرَ يَوْمًا	十五天	خَمْسَ عَشْرَةَ سَنَةً	十五年
٩٣ - سِتَّةَ عَشَرَ يَوْمًا	十六天	سِتَّ عَشْرَةَ سَنَةً	十六年
٩٤ - سَبْعَةَ عَشَرَ يَوْمًا	十七天	سَبْعَ عَشْرَةَ سَنَةً	十七年
١٠٠ - ثَمَانِيَةَ عَشَرَ يَوْمًا	十八天	ثَمَانِيَ عَشْرَةَ سَنَةً	十八年
١٠١ - تِسْعَةَ عَشَرَ يَوْمًا	十九天	تِسْعَ عَشْرَةَ سَنَةً	十九年

第七十五講　二十元，二十年

١٠٢ - عِشْرُونَ دُولاَراً　二十元　　عِشْرُونَ سَنَةً　二十年

١٠٣ - ثَلاَثُونَ دُولاَراً　三十元　　ثَلاَثُونَ سَنَةً　三十年

١٠٤ - أرْبَعُونَ دُولاَراً　四十元　　أرْبَعُونَ سَنَةً　四十年

١٠٥ -خَمْسُونَ دُولاَراً　五十元　　خَمْسُونَ سَنَةً　五十年

١٠٧ - سِتُّونَ دُولاَراً　六十元　　سِتُّونَ سَنَةً　六十年

١٠٨ - سَبْعُونَ دُولاَراً　七十元　　سَبْعُونَ سَنَةً　七十年

١٠٩ - ثَمَانُونَ دُولاَراً　八十元　　ثَمَانُونَ سَنَةً　八十年

١١٠ - تِسْعُونَ دُولاَراً　九十元　　تِسْعُونَ سَنَةً　九十年

練習

مَا هُوَ سِعْرُ هَذَا الْقَلَمِ ؟ سِعْرُهُ بِعِشْرِينَ دُولاَراً .

هَلْ عُمْرُكَ عِشْرُونَ سَنَةً ؟ لاَ ، عُمْرِي ثَلاَثُونَ سَنَةً .

هَلْ تَبِيعُ هَذَا بِأَرْبَعِينِ دُولاَراً فِي الدَّزِينَةِ ؟ لاَ ، سِعْرُهُ خَمْسُونَ دُولاَراً فِي الدَّزِينَةِ

بَعْدَ كَمْ يَوْمٍ سَتَصِلُ إِلَيَّ الْبَضَائِعُ ؟ سَتَصِلُ إِلَيْكَ بَعْدَ ثَلاَثِينَ يَوْمًا .

بِكَمْ هَذِهِ الْعَيِّنَاتُ ؟ هَذِهِ الْعَيِّنَاتُ بِأَرْبَعِينَ دُولاَراً .

كَمْ سَنَةً صَارَتْ لِهَذِهِ الشَّرِكَةِ ؟ صَارَتْ لِهَذِهِ الشَّرِكَةِ خَمْسُونَ سَنَةً .

هَلْ سَتَشْحَنُ هَذِهِ الْبَضَائِعَ خِلاَلَ تِسْعِينَ يَوْمًا ؟ نَعَمْ ، سَتَسْتَلِمُهَا خِلاَلَ تِسْعِينَ يَوْمًا.

第七十六講　二十一元，二十一年

١١١	وَاحِدٌ وَعِشْرُونَ دُولاَرًا	21元	وَاحِدَةٌ وَعِشْرُونَ سَنَةً	21年
١١٢	اِثْنَانِ وَعِشْرُونَ دُولاَرًا	22元	اِثْنَتَانِ وَعِشْرُونَ سَنَةً	22年
١١٣	ثَلاَثَةٌ وَعِشْرُونَ دُولاَرًا	23元	ثَلاَثٌ وَعِشْرُونَ سَنَةً	23年
١١٤	أَرْبَعَةٌ وَعِشْرُونَ دُولاَرًا	24元	أَرْبَعٌ وَعِشْرُونَ سَنَةً	24年
١١٥	وَاحِدٌ وَثَلاَثُونَ دُولاَرًا	31元	وَاحِدَةٌ وَثَلاَثُونَ سَنَةً	31年
١١٦	اِثْنَانِ وَثَلاَثُونَ دُولاَرًا	32元	اِثْنَتَانِ وَثَلاَثُونَ سَنَةً	32年
١١٧	ثَلاَثَةٌ وَثَلاَثُونَ دُولاَرًا	33元	ثَلاَثٌ وَثَلاَثُونَ سَنَةً	33年
١١٨	وَاحِدٌ وَأَرْبَعُونَ دُولاَرًا	41元	وَاحِدَةٌ وَأَرْبَعُونَ سَنَةً	41年
١١٩	اِثْنَانِ وَأَرْبَعُونَ دُولاَرًا	42元	اِثْنَتَانِ وَأَرْبَعُونَ سَنَةً	42年
١٢٠	ثَلاَثَةٌ وَأَرْبَعُونَ دُولاَرًا	43元	ثَلاَثٌ وَأَرْبَعُونَ سَنَةً	43年
١٢١	وَاحِدٌ وَتِسْعُونَ دُولاَرًا	91元	وَاحِدَةٌ وَتِسْعُونَ سَنَةً	91年
١٢٢	اِثْنَانِ وَتِسْعُونَ دُولاَرًا	92元	اِثْنَتَانِ وَتِسْعُونَ سَنَةً	92年
١٢٣	ثَلاَثَةٌ وَتِسْعُونَ دُولاَرًا	93元	ثَلاَثٌ وَتِسْعُونَ سَنَةً	93年
١٢٤	تِسْعَةٌ وَتِسْعُونَ دُولاَرًا	99元	تِسْعٌ وَتِسْعُونَ سَنَةً	99年

第七十七講　一百元，一百年

١٢٥ -	مِائَةُ دُولاَرٍ	一百元	مِائَةُ سَنَةٍ	一百年
١٢٦ -	مِائَتَا دُولاَرٍ	兩百元	مِائَتَا سَنَةٍ	兩百年
١٢٧ -	ثَلاَثُمِائَةِ دُولاَرٍ	三百元	ثَلاَثُمِائَةِ سَنَةٍ	三百年
١٢٨ -	أرْبَعُمِائَةِ دُولاَرٍ	四百元	أرْبَعُمِائَةِ سَنَةٍ	四百年
١٢٩ -	خَمْسُمِائَةِ دُولاَرٍ	五百元	خَمْسُمِائَةِ سَنَةٍ	五百年
١٣٠ -	سِتُّمِائَةِ دُولاَرٍ	六百元	سِتُّمِائَةِ سَنَةٍ	六百年
١٣١ -	سَبْعُمِائَةِ دُولاَرٍ	七百元	سَبْعُمِائَةِ سَنَةٍ	七百年
١٣٢ -	ثَمَانِمِائَةِ دُولاَرٍ	八百元	ثَمَانِمِائَةِ سَنَةٍ	八百年
١٣٣ -	تِسْعُمِائَةِ دُولاَرٍ	九百元	تِسْعُمِائَةِ سَنَةٍ	九百年

練習

بِكَمْ اشْتَرَيْتَ هَذَا الْقَلَمَ ؟   اِشْتَرَيْتُهُ بِوَاحِدٍ وَعِشْرِينَ دُولاَرًا .

بِكَمْ تَبِيعُ هَذَا الدَّفْتَرَ ؟   أَبِيعُهُ بِاثْنَيْنِ وَعِشْرِينَ دُولاَرًا تَايْوَانِيًا جَدِيدًا .

كَمْ عُمْرُكَ ؟   عُمْرِي وَاحِدَةٌ وَثَلاَثُونَ سَنَةً .

هَلْ عُمْرُهُ اثْنَتَانِ وَعِشْرُونَ سَنَةً ؟لاَ ، عُمْرُهُ ثَلاَثٌ وَعِشْرُونَ سَنَةً .

هَلْ هَذَا بِمِائَةِ دُولاَرٍ ؟   لاَ ، هُوَ بِمِائَتَيْ دُولاَرٍ تَايْوَانِيٍّ جَدِيدٍ .

مَا سِعْرُ هَذِهِ السَّاعَةِ ؟   سِعْرُهَا ثَلاَثُمِائَةِ دُولاَرٍ أَمْرِيكِيٍّ .

كَمْ سَنَةً لِتَارِيخِ تَايْوَانَ ؟   تَارِيخُ تَايْوَانَ أَرْبَعُمِائَةِ سَنَةٍ تَقْرِيبًا .

第七十八講　一千元，一千年

一千年	أَلْفُ سَنَةٍ	一千元	١٣٤ - أَلْفُ دُولَارٍ
兩千年	أَلْفَا سَنَةٍ	兩千元	١٣٥ - أَلْفَا دُولَارٍ
三千年	ثَلَاثَةُ آلَافِ سَنَةٍ	三千元	١٣٦ - ثَلَاثَةُ آلَافِ دُولَارٍ
四千年	أَرْبَعَةُ آلَافِ سَنَةٍ	四千元	١٣٧ - أَرْبَعَةُ آلَافِ دُولَارٍ
五千年	خَمْسَةُ آلَافِ سَنَةٍ	五千元	١٣٨ - خَمْسَةُ آلَافِ دُولَارٍ
六千年	سِتَّةُ آلَافِ سَنَةٍ	六千元	١٣٩ - سِتَّةُ آلَافِ دُولَارٍ
七千年	سَبْعَةُ آلَافِ سَنَةٍ	七千元	١٤٠ - سَبْعَةُ آلَافِ دُولَارٍ
八千年	ثَمَانِيَةُ آلَافِ سَنَةٍ	八千元	١٤١ - ثَمَانِيَةُ آلَافِ دُولَارٍ
九千年	تِسْعَةُ آلَافِ سَنَةٍ	九千元	١٤٢ - تِسْعَةُ آلَافِ دُولَارٍ
一萬年	عَشْرَةُ آلَافِ سَنَةٍ	一萬元	١٤٣ - عَشْرَةُ آلَافِ دُولَارٍ

١٤٤ - أَحَدَ عَشَرَ أَلْفًا 一萬一千

١٤٥ - اِثْنَا عَشَرَ أَلْفًا 一萬兩千

١٤٦ - ثَلاَثَةَ عَشَرَ أَلْفًا 一萬三千

١٤٧ - عِشْرُونَ أَلْفًا 兩萬

١٤٩ - مِائَةُ أَلْفٍ 十萬

第七十九講　複習

二十年	عِشْرُونَ سَنَةً	二十元	١٠٢ - عِشْرُونَ دُولَارًا
三十年	ثَلَاثُونَ سَنَةً	三十元	١٠٣ - ثَلَاثُونَ دُولَارًا
四十年	أَرْبَعُونَ سَنَةً	四十元	١٠٤ - أَرْبَعُونَ دُولَارًا
五十年	خَمْسُونَ سَنَةً	五十元	١٠٥ - خَمْسُونَ دُولَارًا
六十年	سِتُّونَ سَنَةً	六十元	١٠٧ - سِتُّونَ دُولَارًا
七十年	سَبْعُونَ سَنَةً	七十元	١٠٨ - سَبْعُونَ دُولَارًا
八十年	ثَمَانُونَ سَنَةً	八十元	١٠٩ - ثَمَانُونَ دُولَارًا
九十年	تِسْعُونَ سَنَةً	九十元	١١٠ - تِسْعُونَ دُولَارًا
21年	وَاحِدَةٌ وَعِشْرُونَ سَنَةً	21元	١١١ - وَاحِدٌ وَعِشْرُونَ دُولَارًا
22年	اثْنَتَانِ وَعِشْرُونَ سَنَةً	22元	١١٢ - اثْنَانِ وَعِشْرُونَ دُولَارًا
23年	ثَلَاثٌ وَعِشْرُونَ سَنَةً	23元	١١٣ - ثَلَاثَةٌ وَعِشْرُونَ دُولَارًا

١١٤ - أَرْبَعَةٌ وَعِشْرُونَ دُولاَراً	24元	أَرْبَعٌ وَعِشْرُونَ سَنَةً	24年
١١٥ - وَاحِدٌ وَثَلاَثُونَ دُولاَراً	31元	وَاحِدَةٌ وَثَلاَثُونَ سَنَةً	31年
١١٦ - اِثْنَانِ وَثَلاَثُونَ دُولاَراً	32元	اِثْنَتَانِ وَثَلاَثُونَ سَنَةً	32年
١١٧ - ثَلاَثَةٌ وَثَلاَثُونَ دُولاَراً	33元	ثَلاَثٌ وَثَلاَثُونَ سَنَةً	33年
١١٨ - وَاحِدٌ وَأَرْبَعُونَ دُولاَراً	41元	وَاحِدَةٌ وَأَرْبَعُونَ سَنَةً	41年
١١٩ - اِثْنَانِ وَأَرْبَعُونَ دُولاَراً	42元	اِثْنَتَانِ وَأَرْبَعُونَ سَنَةً	42年
١٢٠ - ثَلاَثَةٌ وَأَرْبَعُونَ دُولاَراً	43元	ثَلاَثٌ وَأَرْبَعُونَ سَنَةً	43年
١٢١ - وَاحِدٌ وَتِسْعُونَ دُولاَراً	91元	وَاحِدَةٌ وَتِسْعُونَ سَنَةً	91年
١٢٢ - اِثْنَانِ وَتِسْعُونَ دُولاَراً	92元	اِثْنَتَانِ وَتِسْعُونَ سَنَةً	92年
١٢٣ - ثَلاَثَةٌ وَتِسْعُونَ دُولاَراً	93元	ثَلاَثٌ وَتِسْعُونَ سَنَةً	93年
١٢٤ - تِسْعَةٌ وَتِسْعُونَ دُولاَراً	99元	تِسْعٌ وَتِسْعُونَ سَنَةً	99年
١٢٥ - مِائَةُ دُولاَرٍ	一百元	مِائَةُ سَنَةٍ	一百年

兩百年	مِائَتَا سَنَةٍ	兩百元	١٢٦ - مِائَتَا دُولَارٍ
三百年	ثَلَاثُمِائَةِ سَنَةٍ	三百元	١٢٧ - ثَلَاثُمِائَةِ دُولَارٍ
四百年	أَرْبَعُمِائَةِ سَنَةٍ	四百元	١٢٨ - أَرْبَعُمِائَةِ دُولَارٍ
五百年	خَمْسُمِائَةِ سَنَةٍ	五百元	١٢٩ - خَمْسُمِائَةِ دُولَارٍ
六百年	سِتُّمِائَةِ سَنَةٍ	六百元	١٣٠ - سِتُّمِائَةِ دُولَارٍ
七百年	سَبْعُمِائَةِ سَنَةٍ	七百元	١٣١ - سَبْعُمِائَةِ دُولَارٍ
八百年	ثَمَانِمِائَةِ سَنَةٍ	八百元	١٣٢ - ثَمَانِمِائَةِ دُولَارٍ
九百年	تِسْعُمِائَةِ سَنَةٍ	九百元	١٣٣ - تِسْعُمِائَةِ دُولَارٍ
一千年	أَلْفُ سَنَةٍ	一千元	١٣٤ - أَلْفُ دُولَارٍ
兩千年	أَلْفَا سَنَةٍ	兩千元	١٣٥ - أَلْفَا دُولَارٍ
三千年	ثَلَاثَةُ آلَافِ سَنَةٍ	三千元	١٣٦ - ثَلَاثَةُ آلَافِ دُولَارٍ
四千年	أَرْبَعَةُ آلَافِ سَنَةٍ	四千元	١٣٧ - أَرْبَعَةُ آلَافِ دُولَارٍ

١٣٨ - خَمْسَةُ آلاَفِ دوُلاَرٍ	五千元	خَمْسَةُ آلاَفِ سَنَةٍ	五千年
١٣٩ - سِتَّةُ آلاَفِ دوُلاَرٍ	六千元	سِتَّةُ آلاَفِ سَنَةٍ	六千年
١٤٠ - سَبْعَةُ آلاَفِ دوُلاَرٍ	七千元	سَبْعَةُ آلاَفِ سَنَةٍ	七千年
١٤١ - ثَمَانِيَةُ آلاَفِ دوُلاَرٍ	八千元	ثَمَانِيَةُ آلاَفِ سَنَةٍ	八千年
١٤٢ - تِسْعَةُ آلاَفِ دوُلاَرٍ	九千元	تِسْعَةُ آلاَفِ سَنَةٍ	九千年
١٤٣ - عَشْرَةُ آلاَفِ دوُلاَرٍ	一萬元	عَشْرَةُ آلاَفِ سَنَةٍ	一萬年
١٤٤ - أَحَدَ عَشَرَ أَلْفًا	一萬一千		
١٤٥ - اِثْنَا عَشَرَ أَلْفًا	一萬兩千		
١٤٦ - ثَلاَثَةَ عَشَرَ أَلْفًا	一萬三千		
١٤٧ - عِشْرُونَ أَلْفًا	兩萬		
١٤٩ - مِائَةُ أَلْفٍ	十萬		

第八十講　百萬，十億

一百萬	١٥٠ - مِلْيُونٌ	
兩百萬	١٥١ - مِلْيُونَانِ	
三百萬	١٥٢ - ثَلاَثَةُ مَلاَيِينَ	
四百萬	١٥٣ - أَرْبَعَةُ مَلاَيِينَ	
一千萬	١٥٥ - عَشْرَةُ مَلاَيِينَ	
一千一百萬	١٥٦ - أَحَدَ عَشَرَ مِلْيُونًا	
一千兩百萬	١٥٧ - ثَلاَثَةَ عَشَرَ مِلْيُونًا	
一億	١٥٨ - مِائَةُ مُلْيُونٍ	
兩億	١٥٩ - مِائَتَا مِلْيُونٍ	
三億	١٦٠ - ثَلاَثُمِائَةِ مِلْيُونٍ	
十億	١٦١ - بِلْيُونٌ	
二十億	١٦٢ - بِلْيُونَانِ	
三十億	١٦٣ - ثَلاَثَةُ بَلاَيِينَ	
百億	١٦٤ - عَشْرَةُ بَلاَيِينَ	
千億	١٦٥ - مِائَةُ بِلْيُونٍ	

第八十一講　第一天，第一年

١٦٦ - أَلْيَوْمُ الأَوَّلُ	第一天	أَلسَّنَةُ الأُولَى	第一年
١٦٧ - أَلْيَوْمُ الثَّانِي	第二天	أَلسَّنَةُ الثَّانِيَةُ	第二年
١٦٨ - أَلْيَوْمُ الثَّالِثُ	第三天	أَلسَّنَةُ الثَّالِثَةُ	第三年
١٦٩ - أَلْيَوْمُ الرَّابِعُ	第四天	أَلسَّنَةُ الرَّابِعَةُ	第四年
١٧٠ - أَلْيَوْمُ الْخَامِسُ	第五天	أَلسَّنَةُ الْخَامِسَةُ	第五年
١٧١ - أَلْيَوْمُ السَّادِسُ	第六天	أَلسَّنَةُ السَّادِسَةُ	第六年
١٧٢ - أَلْيَوْمُ السَّابِعُ	第七天	أَلسَّنَةُ السَّابِعَةُ	第七年
١٧٣ - أَلْيَوْمُ الثَّامِنُ	第八天	أَلسَّنَةُ الثَّامِنَةُ	第八年
١٧٤ - أَلْيَوْمُ التَّاسِعُ	第九天	أَلسَّنَةُ التَّاسِعَةُ	第九年
١٧٥ - أَلْيَوْمُ الْعَاشِرُ	第十天	أَلسَّنَةُ الْعَاشِرَةُ	第十年

練習

مَا هُوَ التَّارِيخُ الْيَوْمَ ؟　　تَارِيخُ الْيَوْمِ هُوَ الثَّانِي مِنْ شَهْرِ دِيسَمْبَرَ .

هَلِ الْيَوْمُ هُوَ الْيَوْمُ الثَّالِثُ لَكَ فِي تَايْبَيْه ؟

لا ، أَلْيَوْمُ هُوَ الْيَوْمُ الرَّابِعُ لِي فِي تَايْبَيْهَ .

فِي أَيِّ سَنَةٍ يَدْرُسُ ابْنُكَ ؟　　ابْنِي يَدْرُسُ فِي السَّنَةِ الْخَامِسَةِ .

هَلِ الْيَوْمُ هُوَ السَّادِسُ مِنْ هَذَا الشَّهْرِ ؟

لا ، أَلْيَوْمُ هُوَ السَّابِعُ مِنَ هَذَا الشَّهْرِ .

مَا هُوَ تَارِيخُ غَدٍ ؟　　غَدًا هُوَ الثَّامِنُ مِنْ دِيسَمْبَرَ .

هَلْ أَمْسِ كَانَ التَّاسِعُ مِنَ هَذَا الشَّهْرِ ؟

لاَ ، أَمْسِ كَانَ الْعَاشِرُ مِنْ هَذَا الشَّهْرِ .

第八十二講　第十一天，第十一年

١٧٦ - أَلْيَوْمُ الْحَادِي عَشَرَ　第十一天　أَلسَّنَةُ الْحَادِيَةَ عَشْرَةَ　第十一年

١٧٧ - أَلْيَوْمُ الثَّانِي عَشَرَ　第十二天　أَلسَّنَةُ الثَّانِيَةَ عَشْرَةَ　第十二年

١٧٨ - أَلْيَوْمُ الثَّالِثَ عَشَرَ　第十三天　أَلسَّنَةُ الثَّالِثَةَ عَشْرَةَ　第十三年

١٧٩ - أَلْيَوْمُ الرَّابِعَ عَشَرَ　第十四天　أَلسَّنَةُ الرَّابِعَةَ عَشْرَةَ　第十四年

١٨٠ - أَلْيَوْمُ الْخَامِسَ عَشَرَ　第十五天　أَلسَّنَةُ الْخَامِسَةَ عَشْرَةَ　第十五年

١٨١ - أَلْيَوْمُ السَّادِسَ عَشَرَ　第十六天　أَلسَّنَةُ السَّادِسَةَ عَشْرَةَ　第十六年

١٨٢ - أَلْيَوْمُ السَّابِعَ عَشَرَ　第十七天　أَلسَّنَةُ السَّابِعَةَ عَشْرَةَ　第十七年

١٨٣ - أَلْيَوْمُ الثَّامِنَ عَشَرَ　第十八天　أَلسَّنَةُ الثَّامِنَةَ عَشْرَةَ　第十八年

١٨٤ - أَلْيَوْمُ التَّاسِعَ عَشَرَ　第十九天　أَلسَّنَةُ التَّاسِعَةَ عَشْرَةَ　第十九年

١٨٥ - أَلْيَوْمُ الْعِشْرُونَ　第二十天　أَلسَّنَةُ الْعِشْرُونَ　第二十年

練習

مَا تَارِيخُ الْيَوْمِ ؟　　أَلْيَوْمُ هُوَ الْحَادِي عَشَرَ مِنْ شَهْرِ يَنَايِرَ .

هَلْ غَداً هُوَ الثَّانِيَ عَشَرَ مِنْ يَنَايِرَ ؟　　لاَ ، غَداً هُوَ الثَّالِثَ عَشَرَ مِنْ يَنَايِرَ .

هَلْ سَتُسَافِرُ فِي الْيَوْمِ الرَّابِعَ عَشَرَ ؟　　لاَ ، سَأُسَافِرُ فِي الْخَامِسَ عَشَرَ .

هَلْ هَذِهِ السَّنَةُ هِيَ السَّنَةُ الْحَادِيَةَ عَشْرَةَ لَكَ فِي هَذِهِ الشَّرِكَةِ ؟

لاَ ، هَذِهِ السَّنَةُ هِيَ السَّنَةُ الثَّانِيَةَ عَشْرَةَ لِي فِي هَذِهِ الشَّرِكَةِ .

第八十三講　現在是幾點鐘？

186. 現在是幾點鐘？　١٨٦ - كَمِ السَّاعَةُ الآنَ ؟

187. 現在是一點。　١٨٧ - أَلسَّاعَةُ الآنَ الوَاحِدَةُ .

188. 現在是兩點。　١٨٨ - أَلسَّاعَةُ الآنَ الثَّانِيَةُ .

189. 現在是三點。　١٨٩ - أَلسَّاعَةُ الآنَ الثَّالِثَةُ .

190. 現在是四點。　١٩٠ - أَلسَّاعَةُ الآنَ الرَّابِعَةُ .

191. 現在是五點。　١٩١ - أَلسَّاعَةُ الآنَ الْخَامِسَةُ .

192. 現在是六點。　١٩٢ - أَلسَّاعَةُ الآنَ السَّادِسَةُ .

193. 現在是七點。　١٩٣ - أَلسَّاعَةُ الآنَ السَّابِعَةُ .

194. 現在是八點。　١٩٤ - أَلسَّاعَةُ الآنَ الثَّامِنَةُ .

195. 現在是九點。　١٩٥ - أَلسَّاعَةُ الآنَ التَّاسِعَةُ .

196. 現在是十點。　١٩٦ - أَلسَّاعَةُ الآنَ الْعَاشِرَةُ .

197. 現在是十一點。　١٩٧ - أَلسَّاعَةُ الآنَ الْحَادِيَةَ عَشْرَةَ .

198. 現在是十二點。　١٩٨ - أَلسَّاعَةُ الآنَ الثَّانِيَةَ عَشْرَةَ .

第八十四講　複習

١٥٠ - مِلْيُونٌ	一百萬
١٥١ - مِلْيُونَانِ	兩百萬
١٥٢ - ثَلَاثَةُ مَلَايِينَ	三百萬
١٥٣ - أَرْبَعَةُ مَلَايِينَ	四百萬
١٥٥ - عَشْرَةُ مَلَايِينَ	一千萬
١٥٦ - أَحَدَ عَشَرَ مِلْيُونًا	一千一百萬
١٥٧ - ثَلَاثَةَ عَشَرَ مِلْيُونًا	一千兩百萬
١٥٨ - مِائَةُ مُلْيُونٍ	一億
١٥٩ - مِائَتَا مِلْيُونٍ	兩億
١٦٠ - ثَلَاثُمِائَةِ مِلْيُونٍ	三億
١٦١ - بِلْيُونٌ	十億

١٦٢ - بِلْيُونَانِ	二十億		
١٦٣ - ثَلاَثَةُ بَلاَيِينَ	三十億		
١٦٤ - عَشْرَةُ بَلاَيِينَ	百億		
١٦٥ - مِائَةُ بِلْيُونٍ	千億		
١٦٦ - أَلْيَوْمُ الأَوَّلُ	第一天	أَلسَّنَةُ الأُولَى	第一年
١٦٧ - أَلْيَوْمُ الثَّانِي	第二天	أَلسَّنَةُ الثَّانِيَةُ	第二年
١٦٨ - أَلْيَوْمُ الثَّالِثُ	第三天	أَلسَّنَةُ الثَّالِثَةُ	第三年
١٦٩ - أَلْيَوْمُ الرَّابِعُ	第四天	أَلسَّنَةُ الرَّابِعَةُ	第四年
١٧٠ - أَلْيَوْمُ الْخَامِسُ	第五天	أَلسَّنَةُ الْخَامِسَةُ	第五年
١٧١ - أَلْيَوْمُ السَّادِسُ	第六天	أَلسَّنَةُ السَّادِسَةُ	第六年
١٧٢ - أَلْيَوْمُ السَّابِعُ	第七天	أَلسَّنَةُ السَّابِعَةُ	第七年
١٧٣ - أَلْيَوْمُ الثَّامِنُ	第八天	أَلسَّنَةُ الثَّامِنَةُ	第八年

176

١٧٤ -	أَلْيَوْمُ التَّاسِعُ	第九天	أَلسَّنَةُ التَّاسِعَةُ	第九年
١٧٥ -	أَلْيَوْمُ الْعَاشِرُ	第十天	أَلسَّنَةُ الْعَاشِرَةُ	第十年
١٧٦ -	أَلْيَوْمُ الْحَادِي عَشَرَ	第十一天	أَلسَّنَةُ الْحَادِيَةَ عَشْرَةَ	第十一年
١٧٧ -	أَلْيَوْمُ الثَّانِيَ عَشَرَ	第十二天	أَلسَّنَةُ الثَّانِيَةَ عَشْرَةَ	第十二年
١٧٨ -	أَلْيَوْمُ الثَّالِثَ عَشَرَ	第十三天	أَلسَّنَةُ الثَّالِثَةَ عَشْرَةَ	第十三年
١٧٩ -	أَلْيَوْمُ الرَّابِعَ عَشَرَ	第十四天	أَلسَّنَةُ الرَّابِعَةَ عَشْرَةَ	第十四年
١٨٠ -	أَلْيَوْمُ الْخَامِسَ عَشَرَ	第十五天	أَلسَّنَةُ الْخَامِسَةَ عَشْرَةَ	第十五年
١٨١ -	أَلْيَوْمُ السَّادِسَ عَشَرَ	第十六天	أَلسَّنَةُ السَّادِسَةَ عَشْرَةَ	第十六年
١٨٢ -	أَلْيَوْمُ السَّابِعَ عَشَرَ	第十七天	أَلسَّنَةُ السَّابِعَةَ عَشْرَةَ	第十七年
١٨٣ -	أَلْيَوْمُ الثَّامِنَ عَشَرَ	第十八天	أَلسَّنَةُ الثَّامِنَةَ عَشْرَةَ	第十八年
١٨٤ -	أَلْيَوْمُ التَّاسِعَ عَشَرَ	第十九天	أَلسَّنَةُ التَّاسِعَةَ عَشْرَةَ	第十九年
١٨٥ -	أَلْيَوْمُ الْعِشْرُونَ	第二十天	أَلسَّنَةُ الْعِشْرُونَ	第二十年

186. 現在是幾點鐘？	١٨٦ - كَمِ السَّاعَةُ الآنَ ؟
187. 現在是一點。	١٨٧ - ألسَّاعَةُ الآنَ الوَاحِدَةُ .
188. 現在是兩點。	١٨٨ - ألسَّاعَةُ الآنَ الثَّانِيَةُ .
189. 現在是三點。	١٨٩ - ألسَّاعَةُ الآنَ الثَّالِثَةُ .
190. 現在是四點。	١٩٠ - ألسَّاعَةُ الآنَ الرَّابِعَةُ .
191. 現在是五點。	١٩١ - ألسَّاعَةُ الآنَ الْخَامِسَةُ .
192. 現在是六點。	١٩٢ - ألسَّاعَةُ الآنَ السَّادِسَةُ .
193. 現在是七點。	١٩٣ - ألسَّاعَةُ الآنَ السَّابِعَةُ .
194. 現在是八點。	١٩٤ - ألسَّاعَةُ الآنَ الثَّامِنَةُ .
195. 現在是九點。	١٩٥ - ألسَّاعَةُ الآنَ التَّاسِعَةُ .
196. 現在是十點。	١٩٦ - ألسَّاعَةُ الآنَ الْعَاشِرَةُ .
197. 現在是十一點。	١٩٧ - ألسَّاعَةُ الآنَ الْحَادِيَةَ عَشْرَةَ .
198. 現在是十二點。	١٩٨ - ألسَّاعَةُ الآنَ الثَّانِيَةَ عَشْرَةَ .

第八十五講　現在是八點整

199. 現在是八點整。 ١٩٩ - ألسَّاعَةُ الْآنَ الثَامِنَةُ تَمَامًا .

200. 現在是八點五分。 ٢٠٠ - ألسَّاعَةُ الْآنَ الثَامِنَةُ وَخَمْسُ دَقَائِقَ .

201. 現在是八點十分。 ٢٠١ - ألسَّاعَةُ الْآنَ الثَامِنَةُ وَعَشَرُ دَقَائِقَ .

202. 現在是早上八點一刻。 ٢٠٢ - ألسَّاعَةُ الْآنَ الثَامِنَةُ وَالرُّبْعُ صَبَاحًا .

203. 現在是晚上八點二十分。 ٢٠٣ - ألسَّاعَةُ الْآنَ الثَامِنَةُ وَالثُّلْثُ مَسَاءً .

204. 現在是八點半。 ٢٠٤ - ألسَّاعَةُ الْآنَ الثَامِنَةُ وَالنِّصْفُ .

205. 現在是下午兩點。 ٢٠٥ - ألسَّاعَةُ الْآنَ الثَّانِيَةُ بَعْدَ الظُّهْرِ .

206. 現在是九點差二十分。 ٢٠٦ - ألسَّاعَةُ الْآنَ التَّاسِعَةُ إلاَّ ثُلْثًا .

207. 現在是晚上九點差十五分。 ٢٠٧ - ألسَّاعَةُ الْآنَ التَّاسِعَةُ إلاَّ رُبْعًا مَسَاءً .

208. 現在是九點差五分。 ٢٠٨ - ألسَّاعَةُ الْآنَ التَّاسِعَةُ إلاَّ خَمْسَ دَقَائِقَ .

209. 現在是晚上十一點。 ٢٠٩ - ألسَّاعَةُ الْآنَ الثَّانِيَةَ عَشْرَةَ مَسَاءً .

210. 現在是午夜十二點。 ٢١٠ - ألسَّاعَةُ الْآنَ الثَّانِيَةَ عَشْرَةَ مُنْتَصِفَ اللَّيْلِ .

第八十六講　今天是幾月幾日？

211. 今天是幾月幾日？	٢١١ - مَا هُوَ التَّارِيخُ الْيَوْمَ ؟
212. 今天是一月一日。	٢١٢ - أَلْيَوْمُ هُوَ الْيَوْمُ الأَوَّلُ مِنْ شَهْرِ يَنَايِرَ .
213. 今天是二月二日。	٢١٣ - أَلْيَوْمُ هُوَ الْيَوْمُ الثَّانِي مِنْ شَهْرِ شُبَاطَ .
214. 今天是三月三日。	٢١٤ - أَلْيَوْمُ هُوَ الْيَوْمُ الثَّالِثُ مِنْ شَهْرِ مَارِسَ .
215. 今天是四月四日。	٢١٥ - أَلْيَوْمُ هُوَ الْيَوْمُ الرَّابِعُ مِنْ شَهْرِ إِبْرِيلَ .
216. 今天是五月五日。	٢١٦ - أَلْيَوْمُ هُوَ الْيَوْمُ الْخَامِسُ مِنْ شَهْرِ مَايُو .
217. 今天是六月六日。	٢١٧ - أَلْيَوْمُ هُوَ الْيَوْمُ السَّادِسُ مِنْ شَهْرِ يُونِيُو .
218. 今天是七月七日。	٢١٨ - أَلْيَوْمُ هُوَ الْيَوْمُ السَّابِعُ مِنْ شَهْرِ يُولِيُو .
219. 今天是八月八日。	٢١٩ - أَلْيَوْمُ هُوَ الْيَوْمُ الثَّامِنُ مِنْ شَهْرِ أَغُسْطُسَ .
220. 今天是九月九日。	٢٢٠ - أَلْيَوْمُ هُوَ الْيَوْمُ التَّاسِعُ مِنْ شَهْرِ سَبْتَمْبَرَ .
221. 今天是十月十日。	٢٢١ - أَلْيَوْمُ هُوَ الْيَوْمُ الْعَاشِرُ مِنْ شَهْرِ أَكْتُوبِرَ .
222. 今天是十一月十一日。	٢٢٢ - أَلْيَوْمُ هُوَ الْيَوْمُ الْحَادِيَ عَشَرَ مِنْ شَهْرِ نُوفَمْبَرَ .
223. 今天是十二月十二日。	٢٢٣ - أَلْيَوْمُ هُوَ الْيَوْمُ الثَّانِيَ عَشَرَ مِنْ شَهْرِ دِيسَمْبَرَ .

第八十七講　今天是星期幾？

224. 今天是星期幾？	٢٢٤ - فِي أَيِّ يَوْمٍ نَحْنُ الآنَ ؟
225. 今天是星期日。	٢٢٥ - نَحْنُ الآنَ فِي يَوْمِ الأَحَدِ .
226. 今天是星期一。	٢٢٦ - أَلْيَوْمُ هُوَ يَوْمُ الاثْنَيْنِ .
227. 昨天是星期二。	٢٢٧ - أَمْسِ كَانَ يَوْمَ الثُّلَاثَاءِ .
228. 前天是星期三。	٢٢٨ - أَوَّلُ أَمْسِ كَانَ يَوْمَ الأَرْبِعَاءِ .
229. 明天是星期四。	٢٢٩ - غَدًا هُوَ يَوْمُ الْخَمِيسِ .
230. 後天是星期五。	٢٣٠ - بَعْدَ غَدٍ هُوَ يَوْمُ الْجُمْعَةِ .
231. 星期六是週末。	٢٣١ - يَوْمُ السَّبْتِ هُوَ نِهَايَةُ الأُسْبُوعِ .
232. 昨天是星期幾。	٢٣٢ - فِي أَيِّ يَوْمٍ كَانَ أَمْسِ ؟
233. 明天是星期幾。	٢٣٣ - فِي أَيِّ يَوْمٍ غَدًا ؟

練習

فِي اَيِ يَوْمٍ مَا عِنْدَكَ دَوَامٌ فِي الشَّرِكَةِ ؟ مَا عِنْدِي دَوَامٌ فِي الشَّرِكَةِ فِي يَوْمِ الأَحَدِ .

هَلْ تَشْتَغِلُ فِي يَوْمِ السَّبْتِ أَيْضًا ؟ نَعَمْ ، أَشْتَغِلُ فِي صَبَاحِ يَوْمِ السَّبْتِ .

هَلْ يَوْمُ الْجُمْعَةِ هُوَ عُطْلَةٌ فِي الشَّرْقِ الأَوْسَطِ ؟ نَعَمْ ، لاَ نَشْتَغِلُ فِي يَوْمِ الْجُمْعَةِ فِي الشَّرْقِ الأَوْسَطِ

كَيْفَ يَوْمُ الأَحَدِ ؟ يَوْمُ الأَحَدِ هُوَ يَوْمُ دَوَامٍ عِنْدَنَا فِي الشَّرْقِ الأَوْسَطِ .

مَاذَا تَعْمَلُونَ فِي يَوْمِ الْجُمْعَةِ ؟ نَبْقَى فِي الْبَيْتِ أَوْ نَذْهَبُ إِلَى الصَّلاَةِ .

هَلْ سَتَزُورُنَا فِي يَوْمِ الأَحَدِ الْقَادِمِ ؟ نَعَمْ ، تَشَرَّفْتُ .

第八十八講　複習

199. 現在是八點整。 ١٩٩ - أَلسَّاعَةُ الْآنَ الثَّامِنَةُ تَمَامًا .

200. 現在是八點五分。 ٢٠٠ - أَلسَّاعَةُ الْآنَ الثَّامِنَةُ وَخَمْسُ دَقَائِقَ .

201. 現在是八點十分。 ٢٠١ - أَلسَّاعَةُ الْآنَ الثَّامِنَةُ وَعَشْرُ دَقَائِقَ .

202. 現在是早上八點一刻。 ٢٠٢ - أَلسَّاعَةُ الْآنَ الثَّامِنَةُ وَالرُّبْعُ صَبَاحًا .

203. 現在是晚上八點二十分。 ٢٠٣ - أَلسَّاعَةُ الْآنَ الثَّامِنَةُ وَالثُّلْثُ مَسَاءً .

204. 現在是八點半。 ٢٠٤ - أَلسَّاعَةُ الْآنَ الثَّامِنَةُ وَالنِّصْفُ .

205. 現在是下午兩點。 ٢٠٥ - أَلسَّاعَةُ الْآنَ الثَّانِيَةُ بَعْدَ الظُّهْرِ .

206. 現在是九點差二十分。 ٢٠٦ - أَلسَّاعَةُ الْآنَ التَّاسِعَةُ إِلاَّ ثُلْثًا .

207. 現在是晚上九點差十五分。 ٢٠٧ - أَلسَّاعَةُ الْآنَ التَّاسِعَةُ إِلاَّ رُبْعًا مَسَاءً .

208. 現在是九點差五分。 ٢٠٨ - أَلسَّاعَةُ الْآنَ التَّاسِعَةُ إِلاَّ خَمْسَ دَقَائِقَ .

209. 現在是晚上十一點。 ٢٠٩ - أَلسَّاعَةُ الْآنَ الثَّانِيَةَ عَشْرَةَ مَسَاءً .

210. 現在是午夜十二點。 ٢١٠ - أَلسَّاعَةُ الآنَ الثَّانِيَةَ عَشْرَةَ مُنْتَصِفَ اللَّيْلِ .

211. 今天是幾月幾日？ ٢١١ - مَا هَوَ التَّارِيخُ الْيَوْمَ ؟

212. 今天是一月一日。 ٢١٢ - أَلْيَوْمُ هُوَ الْيَوْمُ الأَوَّلُ مِنْ شَهْرِ يُنَايِرَ .

213. 今天是二月二日。 ٢١٣ - أَلْيَوْمُ هُوَ الْيَوْمُ الثَّانِي مِنْ شَهْرِ شُبَاطَ .

214. 今天是三月三日。 ٢١٤ - أَلْيَوْمُ هُوَ الْيَوْمُ الثَّالِثُ مِنْ شَهْرِ مَارِسَ .

215. 今天是四月四日。 ٢١٥ - أَلْيَوْمُ هُوَ الْيَوْمُ الرَّابِعُ مِنْ شَهْرِ إِبْرِيلَ .

216. 今天是五月五日。 ٢١٦ - أَلْيَوْمُ هُوَ الْيَوْمُ الْخَامِسُ مِنْ شَهْرِ مَايُو .

217. 今天是六月六日。 ٢١٧ - أَلْيَوْمُ هُوَ الْيَوْمُ السَّادِسُ مِنْ شَهْرِ يُونِيُو .

218. 今天是七月七日。 ٢١٨ - أَلْيَوْمُ هُوَ الْيَوْمُ السَّابِعُ مِنْ شَهْرِ يُولِيُو .

219. 今天是八月八日。 ٢١٩ - أَلْيَوْمُ هُوَ الْيَوْمُ الثَّامِنُ مِنْ شَهْرِ أَغُسْطُسَ .

220. 今天是九月九日。 ٢٢٠ - أَلْيَوْمُ هُوَ الْيَوْمُ التَّاسِعُ مِنْ شَهْرِ سَبْتَمْبَرَ .

221. 今天是十月十日。 ٢٢١ - أَلْيَوْمُ هُوَ الْيَوْمُ الْعَاشِرُ مِنْ شَهْرِ أَكْتُوبَرَ .

222. 今天是十一月十一日。 ۲۲۲ - أَلْيَوْمُ هُوَ الْيَوْمُ الْحَادِيَ عَشَرَ مِنْ شَهْرِ نُوفَمْبَرَ .

223. 今天是十二月十二日。 ۲۲۳ - أَلْيَوْمُ هُوَ الْيَوْمُ الثَّانِيَ عَشَرَ مِنْ شَهْرِ دِيسَمْبَرَ .

224. 今天是星期幾？ ۲۲٤ - فِي أَيِّ يَوْمٍ نَحْنُ الآنَ ؟

225. 今天是星期日。 ۲۲٥ - نَحْنُ الآنَ فِي يَوْمِ الْأَحَدِ .

226. 今天是星期一。 ۲۲٦ - أَلْيَوْمُ هُوَ يَوْمُ الاثْنَيْنِ .

227. 昨天是星期二。 ۲۲۷ - أَمْسِ كَانَ يَوْمَ الثُّلَاثَاءِ .

228. 前天是星期三。 ۲۲۸ - أَوَّلُ أَمْسِ كَانَ يَوْمَ الْأَرْبِعَاءِ .

229. 明天是星期四。 ۲۲۹ - غَدًا هُوَ يَوْمُ الْخَمِيسِ .

230. 後天是星期五。 ۲۳۰ - بَعْدَ غَدٍ هُوَ يَوْمُ الْجُمْعَةِ .

231. 星期六是週末。 ۲۳۱ - يَوْمُ السَّبْتِ هُوَ نِهَايَةُ الْأُسْبُوعِ .

232. 昨天是星期幾？ ۲۳۲ - فِي أَيِّ يَوْمٍ كَانَ أَمْسِ ؟

233. 明天是星期幾？ ۲۳۳ - فِي أَيِّ يَوْمٍ غَدًا ؟

筆記頁：

國家圖書館出版品預行編目資料

空中阿拉伯語第一冊 / 利傳田著.
初版. -- 臺北縣中和市：Airiti Press, 2009.6
面；　公分

ISBN 978-986-85182-2-3 (第1冊：平裝)
1. 阿拉伯語　2. 讀本

807.88　　98004258

空中阿拉伯語　第一冊

作者／利傳田
總編輯／張　芸
責任編輯／呂環延
封面設計／林欣陵

出 版 者／Airiti Press Inc.
台北縣永和市成功路一段80號18樓
電話：(02)2926-6006　傳真：(02)2231-7711
服務信箱：press@airiti.com
帳戶：華藝數位股份有限公司
銀行：國泰世華銀行　中和分行
帳號：045039022102
法律顧問／立暘法律事務所 歐宇倫律師
I S B N／978-986-85182-2-3
出版日期／2009年 6 月初版
定　　價／新台幣 NT$ 417 元
（若需館際合作使用，請聯絡華藝：2926-6006）

版權所有・翻印必究　Printed in Taiwan

國立教育廣播電台提供有聲資料下載：http://realner.ner.gov.tw